K INK INK INK INK INK IN
INK INK INK INK INK INK
K INK INK INK INK INK IN
INK INK INK INK INK INK
K INK INK INK INK INK IN
INK INK INK INK INK INK
K INK INK INK INK INK IN
INK INK INK INK INK INK
K INK INK INK INK INK IN
INK INK INK INK INK INK
K INK INK INK INK INK IN
INK INK INK INK INK INK
K INK INK INK INK INK IN
INK INK INK INK INK INK
K INK INK INK INK INK IN
INK INK INK INK INK INK
K INK INK INK INK INK IN
INK INK INK INK INK INK
K INK INK INK INK INK IN
INK INK INK INK INK INK
K INK INK INK INK INK IN
INK INK INK INK INK INK
K INK INK INK INK INK IN
INK INK INK INK INK INK

中國歷代
08 爭議人物

海上遊龍

鄭成功

周宗賢◎著

前言

編輯部

中國歷史五千年，出過多少英雄豪傑，在史書上赫赫有名的大有人在，但是一查西方人編纂的百科全書，能名留其中的卻不多，這當然是因爲篇幅有限。但令人驚訝的是，在《大不列顛百科全書》中竟收錄有鄭芝龍、鄭成功這對父子，而且是分成兩個條目敘述。可見他們在西方人心目中確有其分量。如果再仔細閱讀其中所述，恐怕一般人都要自慚：「想不到自己對鄭氏父子的瞭解還不如西方人！」看看《大不列顛百科全書》上鄭芝龍條：

鄭芝龍（Zheng Zhilong，1604–1661.11.24）

中國明代將領。字飛皇，小字一官。福建南安人。原為海盜，縱橫於福建浙江沿海。一六二八年受明廷招撫，官至都督同知。明亡後，南明弘光政權封為南安伯。一六四五年弘光政權滅亡，擁朱聿鍵在福州稱帝，建立隆武政權，封平虜侯。排擠首輔黃道周，把持軍政大權。次年清軍入福建，不聽其子成功的勸告降清。後被軟禁北京，封同安侯。多次勸降鄭成功不成，一六五五年入獄。一六六一年被殺。

再看看鄭成功條：

鄭成功（Zheng Chenggong，1624.8.28–1662.6.23）中國明清之際收復台灣的民族英雄。名森，字大木。福建南安人。出生於日本平户。一六三〇年七歲時回到中國。一六四五年南明隆武帝（朱聿鍵）賜姓朱，改名成功。尊為「國姓爺」，後被永曆帝封為延平郡王。一六四六年清軍進攻南明隆武政權。成功反對其父鄭芝龍不戰而降，在南澳（今屬廣東省）起兵抗清，在福建沿海不斷與清軍作戰。一六五九年率大軍十萬攻入長江，進圍南京。一六六一年四月率軍隊二萬五千人進軍台灣。經八個月戰鬥，於一六六二年二月一日從荷蘭侵略者手中收復台灣。在台灣建立行政機構，屯田開墾，發展貿易，促進了台灣社會經濟的發展。

在倡導本土化的潮流之下，我們眞的驚訝自己對這麼一位在台灣歷史上不可磨滅的人物，所知如此之少。

其實將鄭成功收錄進中國歷代爭議人物系列中，是有些勉強的。他只活了三十九歲，短暫的一生全用來報效流亡的明朝，根本來不及享福作惡、貪贓枉法就死了。不管是他始終效忠的明朝，或是至死對抗的清朝，對他生前死後都只有嘉評，沒有貶語。史料上少數的負面說詞，如對待部下偏袒不公，族誅不聽令的部下全家等等，也是見仁見智的說法。再說除了屈指可數的例子外，其他將領大都隨著他轉戰各地。如此若要說有什麼太過不公、凶殘的行爲，恐怕很難教人和他一起賣命的。

爭議的部分既然不多，那麼不妨視此書爲瞭解鄭成功的入門。當我們在遊歷相關的古蹟時，相信會更添一份敬仰之心。

海上遊龍

鄭成功

目錄

【上 篇】

鄭成功傳

一、中國及世界局勢

鄭成功出生時的中國情勢

民族英雄鄭成功生於明熹宗天啓四年，西元一六二四年。這個時候，明朝已過了盛世，正由衰落走上滅亡之路，而西方勢力也正緊叩中國的門戶。明帝國的重病和荷蘭人於此年入據台灣，象徵著世界大變局的腳步正在加速。

明朝建國有二百七十六年，一共有十七位皇帝。除明太祖和明成祖外，其他皇帝都不是英明的統治者。不過，當時的軍事力量還是非常強大，中華民族生存空間所享有的安全程度，爲盛唐以來所僅見；經濟繁榮，社會安定，物阜民豐的情況，也是五代以來所未有；海洋方面的發展更是空前，中國的艦隊到達了爪哇、印度沿岸、波斯灣和非洲東岸，並曾派人到回教聖地麥加。遠航艦隊的船舶，大者長四十餘丈，闊十八丈，有四層甲板，眞是偉大極了。

此外，大運河的重新暢通，萬里長城的再建，北京城的規畫與興築，理學的新發展，繪畫、詩歌、小說、戲劇的創新，以及新風格的陶瓷產品之推出，都說明了明朝國勢的昌隆和文化的鼎盛。

可是，從政治上看，由於明代制度的缺失，造成君主專制獨裁，明代的皇帝兼國家元首及政府領袖於一身，所以，遇到懈怠疏懶的皇帝，政治就敗壞下去了。像明神宗皇帝，竟然三十年不郊不廟不朝，政治哪有不壞的道理呢？政治黑暗就容易引發變亂，流寇與外患終於滅亡了明朝。明帝國的衰落開始於武宗正德年間和世宗嘉靖年間，至神宗萬曆年間則更為加速，最後被滿洲人所建立的清帝國取代。

西力東漸與世界大變

十五世紀後期以來，歐洲不斷向外擴張其勢力。他們的擴張有經濟上和宗教上的動機，同時也有地理知識和航海技術的憑藉。

經濟方面，自古以來，有若干高價值的貨物，即依賴從歐洲以外的地區輸入。如絲、棉織品、地毯、寶石、瓷器以及品質優良的鋼。另外還有藥材與食品，如糖、香料等。

這些歐洲人不能缺少的物品，自己卻無法直接經營，完全由阿拉伯商人掌握。由於運輸費用高昂，路程危險，再加上回教商人的居間剝削，使貨品的售價過高。即使是如此，貨品的供應，仍不能免於匱乏。於是，歐洲人便有直接與東方貿易的念頭。他們認爲南向沿非洲，或者西航去亞洲，均爲可能的路線。

再就宗教與政治而言，基督徒原本就是把傳教異域和征服蠻荒作爲最大的抱負。當然，僅憑商人和傳教士的熱忱是不夠的。對外擴張必須要憑藉地理知識與航海技術的進步才行。

歐洲人向外擴張初期，葡萄牙人居於先導地位。這是因爲葡萄牙的地理位置剛好處於從歐洲沿著非洲或朝向南美遠航的起錨點上。另外，葡萄牙在伊比利半島上因受西班牙的閉鎖，無法向陸上發展，除了大西洋之外也別無出口。同時，葡萄牙地瘠民窮，如果不把野心分子的力量轉移於海外，則可能生事於內部。因爲有上述的原因，所以，葡萄牙人就勇於向外發展了。他們認爲海洋不但不是障礙，而且是聯繫各地區各民族最便利的通道。

另一個急起直追的國家是西班牙。他們發現了美洲，成功地找到了通達太平洋的水路，完成了人類環球一周的壯舉。後來，英、法與荷蘭也加入了這個行列。

歐洲向外擴張的結果，造成了新的局勢，也發生了極爲深遠的影響。

第一個重大影響是產生了環球航運的新態勢和導致了世界的歐化：在地理大發現以前，大西洋一向被人視爲無法克服的交通障礙，太平洋甚至尙無人知曉。但是，自此之後，情勢完全改觀，它們變成了世界航運的通道。歐洲（尤其是西歐）變成了全世界航運輻輳的中心。歐洲變成了美洲、亞洲和非洲都可以通達的樞紐。另外，自從新航路與地理大發現之後，導致了世界的歐化，這可以從歐洲文化在美洲生根，亞洲、非洲以及世界其他地區所受到的歐洲影響也異常昭著等方面看出來。「世界一家」的形勢已然造成，任何人群社會再不能永遠孤立。

第二是它造成商業革命和重商主義的興起：歐洲擴張與地理大發現在經濟上所發生的影響更爲重要。例如銀行業的興起，使商業活動的範圍擴大，中世紀的小型地方貿易，變成世界性的貿易。因此，商業組織創新，商業規模擴大。爲了滿足這種變化，於是有了殖民地的發展。而殖民地存在的目的是爲了輔助母國的經濟，供應母國所需要的原料和購買母國的工業成品。因此，其在歷史上的影響力是非常強大的。

自從新航路與地理大發現以後，世界大變局已成，中國再也不是一個遙不可及的國家。在西力東漸下，中國遭到了數千年來未有的變局。

葡萄牙人是最早占領中國島嶼爲殖民地的國家。明正德九年，西元一五一四年，葡萄牙人到達了廣東的屯門。此後，雙方發生多次的衝突。可是，葡人還是在澳門（香山縣濠鏡）經營成功。嘉靖十四年，西元一五三五年，他們賄賂地方官吏，得以在該地互市和居留，後議定每年輸課地租二萬兩。嘉靖三十六年，他們有了固定的建築，並置殖民官吏，明朝未採取斷然的措施，至神宗萬曆元年，西元一五七三年，僅在蓮花莖地峽建立關閘，劃地而守，無異默認界外爲葡人所有。

繼葡萄牙之後而來者，則爲西班牙人。西班牙人自取得菲律賓後，開始與中國人接觸。明萬曆二年，西元一五七四年，福建官兵爲追剿大海盗林鳳至呂宋，西班牙駐菲律賓總督乘機派遣兩個傳教士爲使節隨軍到了福建，這是西班牙人與中國交通的開始。翌年，他們到福建要求訂約通商，得到在漳州（廈門）通商的權利。萬曆二十六年，西元一五九八年，西班牙菲律賓總督派使至廣州要求互市，廣州當局以其違例越境久留不去，派兵驅除。

荷蘭人是繼葡萄牙和西班牙之後，亟思直接與中國通商的國家之一。他們在明萬曆二十九年，西元一六〇一年首次到澳門，並至廣州，但未能得到通商的許可。當時中國人稱他們爲「紅毛番」、「紅毛鬼」、「紅毛夷」。萬曆三十二年，西元一六〇四年，一度奪占澎湖，企圖通市漳州，但沒有成功。熹宗天啓二年，西元一六二二年，他們攻打澳門失敗後，轉而二度占領澎湖，進犯漳州，引起中荷武裝衝突，兩年後，他們被迫放棄澎湖，但卻占據了台灣，至永曆十五年，西元一六六一年，始被鄭成功逐出。

除了葡、西、荷之外，英國人也來叩中國門戶，並且後來居上。事實上，中英的接觸，遠在十三世紀蒙古西征軍中，就曾有英國人擔任翻譯與信使。東西航路大開之後，英人也積極想打通中國。但一直到明崇禎十年，西元一六三七年，才成功地到達廣州，並且與中國發生武裝衝突。最後經葡人調停，中國官方答應讓英人來廣州購置貨物，英人答應道歉以後不再來粵，才結束了雙方第一次的正式接觸。

法國、美國也都先後與中國交通。甚至俄國亦自陸上通臨。中國陷入西方勢力東漸所造成的鉗形包圍之中。

二、家世及少年時代

先世

中國歷史上漢人由於受到北方非漢族南進的影響，常常有南遷的現象，也有因中原大亂而南下的。不少南方的中國人，原本居住在中原，後來或因避亂南下而定居於南方。

鄭成功的先世原本也是住在華北，在唐朝僖宗光啓年間（西元八八五～八八八年）因避亂的緣故，由光州固始（今河南省境內）遷到南方。最初的族人或居福建或居廣東，到宋靖康年間（西元一一二六～一一二七年）鄭氏五郎公隱石之兄弟，又因避難，散處在莆田、潮州、漳州，而隱石則由福建侯官遷到泉州之武榮，從事農耕。後來又遇到凶年歉收，生活相當艱苦，再搬到楊子山下石井鄉定居下來，於是成爲南安人。

石井鄉在明代隸屬南安縣四十三郡，是一個青山綠水、風光秀麗、氣勢雄偉、風景宜人的地方。鄭成功的先世就在這裡生活了數百年。在數百年間，由石井鄉開基祖隱石傳至鄭芝龍，一共十一世，十一世祖即鄭成功的父親飛黃（芝龍）。除了鄭芝龍以外，他們都在石井鄉度過了一生。

鄭成功先世各代的家境和出身如何？根據傳說來推測，鄭成功的祖父象庭（紹祖）年輕的時候，家境可能很窮困，連埋葬其曾祖母的錢都有問題；這也顯示當時鄭家既不是地方土豪，也不是名門世家，可能只是普普通通的老百姓而已，尤其是鄭成功的祖父紹祖，看來大概沒有受過什麼教育。不過，鄭家後來曾從事海外貿易，大概在萬曆四十年（西元一六一二年）左右，在商業上多少有些成就，在社會上也有點地位，尤其很受日本幕府的重視，後來棄商從政，擔任泉州府庫吏。至此，鄭氏的生活應該相當不錯了。

鄭成功先世簡譜

開基祖・二世祖・三世祖・四世祖・五世祖・六世祖・七世祖・八世祖・九世祖・十世祖・十一世祖

- 隱石
  - 肖隱
  - 隱泉
    - 砥石
      - 純玉
        - 亮（井居）
        - 豪（威魚）──？──樂齋──于野──西庭──象庭──飛黃（芝龍）
        - 崇（居英）
    - 古石
      - 麗玉──[illegible]（奮西）

父母

鄭成功的父親鄭芝龍，有兄弟五人，他排行老大，次弟為芝虎，三弟不詳（有人說是芝鵬），四弟為芝鳳（鴻逵），五弟為芝豹。

鄭芝龍於明萬曆三十二年（西元一六〇四年）三月十八日生。相傳他出生前八天，廈門本來是春暖融和、天氣晴朗的日子，但忽然間，雲霧四合，雷電閃爍，霹靂一聲，海渚劈開一石，有字跡寫著：

草雞夜鳴，長耳大尾，
御鼠千頭，拍水而起。
殺人如麻，血成海水，
揚眉於東，傾陷馬耳。
生女滅雞，十倍相倚，
志在四方，一人也爾。
庚小熙皞，太平伊始。

家鄉的人都搞不懂是什麼意思。到了芝龍出生那天，他的母親黃氏夢見三個婦人引紅霞一片，推到她的懷裡，不久就生下了鄭芝龍。

鄭芝龍小名一官，字曰甲，號飛黃，後號飛虹將軍，又號平戶老一官。西洋稱他叫Iquan或Yquan或Equan，這種種稱呼，都是從「一官」音譯來的。鄭芝龍五歲時，他父親送他上學受啓蒙教育，取名國柱，自小就很聰明而頑皮，長得眉目清秀，相當可愛，很討人喜歡。所以，當他七歲（也有人說十歲）時，有一天下課回家途中，用石子自牆外打知府蔡善繼家的荔枝，結果誤中知府的頭，知府很生氣地派人把他抓來，結果，知府看他長得清秀可愛、氣宇軒昂的樣子，就把他釋放了。鄭芝龍後來仍然不喜歡讀書，但他既有膂力，又好拳棒，有人形容他是個性情蕩逸、貪玩好賭的問題少年。後來由於失愛於他的父親，就在明天啓元年（西元一六二一年）十八歲時，離家出走，到廣東香山澳找他的母舅黃程。起初他的母舅指責他遠離父母的不是，但經芝龍說明之後，便留他住了下來。

鄭芝龍到香山澳時，該地已是葡萄牙人的勢力範圍，國際貿易很盛，所以鄭芝龍剛好可以幫經營海外貿易的母舅做些事，因此和西洋人有了來往，所以有些人說鄭芝龍曾受洗禮爲天主教徒，教名叫"Nicolas Gaspard"。

明天啓三年（西元一六二三年）五月，鄭芝龍幫母舅押運一批貨到日本，時芝龍年二十。當時的日本，尤其是在西南的諸侯，爲了富國強兵，對歐洲人來日本貿易特別歡迎，平戶及長崎是當時的國際貿易要港。當時中國也參加這裡的國際貿易行列，所以有不少的華僑住在平戶和長崎。鄭芝龍抵達日本時正値方剛之年，且單身在日本，而日本女子向以溫柔體貼聞名於世，所以當他遇上婀娜多姿的翁氏（或稱田川氏）時，便深深地愛上了她。這位翁氏就是鄭成功的母親。

鄭芝龍到日本後，陸陸續續結交了許多英雄豪傑，並且經由楊天生的介紹得與當時旅日華人領袖顏思齊（亦名顏振泉）相識。顏思齊是福建漳州府海澄縣人，身體雄健，精通武藝，因受當地宦者的凌辱，揮拳擊斃官家僕人，被迫亡命日本。旅日初期以裁縫為業，住了幾年後，漸有積蓄，疏財仗義，於是漸漸建立了他的地位。成為當時亡命日本的華人頭目，叫做「甲螺」。他和泉州晉江人楊天生很有交情，彼此很想在日本有所圖謀，於是，就由天生四處奔走，把當時有力量的華人組織起來，共推顏思齊為盟主。鄭芝龍就在楊天生的推薦下，參加了這個結盟。他們在天啓四年六月舉行結盟儀式，參加者有顏思齊、楊天生、洪陞、陳勳、張弘（或作宏）、陳德、林福、李英、莊桂、楊經、陳衷紀、林翼、黃碧、張輝、王平、黃昭、李俊臣、何錦、高貫、余祖、方勝、許媽、黃瑞郎、張寅、傅春、劉宗趙、鄭玉、鄭芝龍等二十八人，其中鄭芝龍年紀最輕，排為尾弟。

由於楊天生不斷鼓吹：「日本土地廣闊，上通遼陽、北直，下達閩粵、交趾，眞魚米之所，若得占踞，足以自覊。」他們被說動，便決意在那年八月十五日舉事，擬在日本別創一華人的新天地。可惜事機洩漏，顏思齊於是月十四日率衆搭船倉皇逃離日本。經過八晝夜終於抵達台灣，抵台後顏思齊將徒衆分為十寨，寨各有主，鄭芝龍便是十個寨主之一。他們以台灣為基地，橫行海上，四出搶掠，遂成為中國東南海上的海盜集團。而鄭芝龍的財富是最多的。

天啓五年九月，顏思齊從諸羅（今嘉義縣市）打獵回來，感染風寒，終於一病不起。最後大家共推鄭芝龍爲新的領袖。他在天啓五年十二月十八日舉行承接儀式，並更名「一官」爲「芝龍」，其族人同輩者十七人，也同時一律冠上「芝」字來命名。

就在鄭芝龍繼顏思齊領袖地位的前後，中國福建剛好鬧饑荒，百姓已到吃盡樹皮草根，揭竿而起的程度。鄭芝龍就乘此機會於天啓六年春，首次發動船隊劫掠福建金門、廈門及廣東靖海、甲子等地。鄭芝龍想藉此行動探察大陸東南沿海虛實，並勒取糧餉，且吸收遊手好閒之徒以擴充兵容，壯大勢力。反觀明朝官軍，因爲平時沒有嚴格的訓練，所以戰力薄弱，士氣低落，當然不是鄭芝龍的對手，明廷對於鄭芝龍的騷擾感到束手無策，而地方當局也苦於不知如何應付。就在這時候，明朝想到了招撫的辦法。

首先明廷知道蔡善繼任泉州知府時，芝龍父任其庫吏，認爲他們之間當有一段情誼，於是起用蔡氏爲泉州巡海道，想藉此招安鄭芝龍。雙方雖有接觸，鄭芝龍也有意歸誠，但他的部屬大都反對，同時芝龍帶部分徒衆往泉州謁蔡氏時，芝虎、芝豹認爲明朝只想解散他們的黨羽，並無安撫的誠意，於是建議芝龍乘夜率衆潛逃，再度回到海上當海盜。

爾後，鄭芝龍先後進犯閩粵沿海，並屢敗來剿官兵。崇禎元年（西元一六二八年）泉州知府王猷乃再倡招撫之議。於是巡撫熊文燦乃派盧毓英向鄭芝龍說降。雙方條件談妥後，鄭芝龍就在是年九月率衆投降，並派他弟弟帶厚禮同盧毓英回泉州，賄賂福建高級地方官。巡撫熊文燦以義士「鄭芝龍收歸一官」功，題委芝龍爲海防游擊，並派盧毓英爲監督，負責督促芝龍討伐諸海盜。

鄭芝龍自此以明軍的姿態，出沒於東南海上。崇禎二年先後討平李魁奇、楊六、楊七、褚彩老等海盜，並在消滅李魁奇之後升爲參將。崇禎八年，他奉命討平大海盜劉番，鄭芝龍胞弟芝虎、堂弟芝鵠，都在此次戰役中陣亡。崇禎十二年，鄭芝龍擊潰來犯的荷蘭軍，次年八月晉爲福建總兵。這個時候的鄭芝龍，其威勢已雄霸東南海疆，舉凡往來東南海上船隻，只要豎起鄭氏旗幟即可通行無阻。每船例入三千金，歲入千萬計，他並且以海利交通朝貢。所以他不僅富且貴了。

崇禎十七年（清順治元年，西元一六四四年）闖賊李自成攻陷北京，崇禎皇帝自縊於煤山，吳三桂引清兵入山海關，北方局勢一發不可收拾。是年五月，福王即位於南京，次年改年號爲弘光，封福建總兵鄭芝龍爲南安伯。弘光元年五月，清軍破南京，弘光朝亡。是年閏六月，鄭芝龍等人擁立唐王於福州，改元隆武。之後，晉封鄭芝龍爲定虜侯。後又分別封爲平國公和定國公；芝豹、鄭彩則分別封爲澄濟伯和永勝伯。但是，擁立唐王非鄭芝龍本意，因此與文臣常齟齬，對抗清並無信心，他早存異志和叛意，於是暗中與其同鄉的洪承疇、黃熙胤互通信息，預做投降滿清的準備。

隆武二年（清順治三年，西元一六四六年），隆武帝知道仙霞關失守，於八月打算轉進江西，行抵汀州，清兵追至，遂遇難。鄭芝龍則退守安平，滿清貝勒博洛軍進駐福州。貝勒探知泉紳郭必昌與鄭芝龍有舊，就派郭去招降鄭芝龍。貝勒的條件是給他閩粵總督，鄭芝龍一聽喜出望外，便把忠君、保國、衛民置之度外，於十一月十五日到福州投降。降後不數日即被挾往北京。明永曆七年，滿清封鄭芝龍爲同安侯。從此以後鄭芝龍及其家人失去了行動自由，更失去了名節。鄭芝龍被挾去北京後，暗中仍與鄭成功通信息，永曆九年因此被劾下獄。十一年滿清將他及其家屬流放到寧古塔，到了十五年，清廷以謀叛律將鄭芝龍及其在京諸子一律處死。

鄭成功的父親雖然晚節不保，並被清廷處死，但他的母親卻非常賢淑而忠貞。由於鄭成功在七歲以前，絕大部分時間都和他的母親生活在一起，所以，她對鄭成功的童年、甚至一生都具有決定性的影響。她是什麼樣的人呢？

有人說鄭成功的母親是「日本長崎王族女」；或說是日本肥前平戶士人田川氏之女；也有說是倭婦翁氏，據說她是歸化日籍的泉州冶匠翁翌皇，從日本人田川氏領來的養女，故華人多稱之爲翁氏，日本人多稱之爲田川氏。她是一位溫柔體貼、婀娜多姿而且姿色嬌豔的典型日本女子。當她遇到鄭芝龍時，非常欣賞鄭芝龍魁梧奇偉的身材，不僅互相戀慕，且有相見恨晚的感慨，遂於二十二歲時與鄭芝龍結婚。次年生鄭成功。

鄭成功回中國後，鄭芝龍和鄭成功曾多次請翁氏及成功弟七左衛門回國，但翁氏以七左衛門年幼，因此一直留在日本。弘光元年五月清兵陷南京，六月張肯堂、鄭芝龍等擁立唐王即位於福州，改元隆武。前此一年，剛好翁氏以其次子七左衛門年已稍長，向日本德川幕府申請回中國，幕府以鄭芝龍已經顯貴，又操大軍，便准許翁氏回到中國，於隆武元年（順治二年，西元一六四五年）十月遣使護送翁氏到安平。但不幸的是，翌年十一月，鄭芝龍向清朝投降並被挾往北京，而清軍突攻至安平，鄭成功的母親受淫辱，於十一月三十日毅然自殺殉國。翁氏以一婦女之身殉國，這種愛國情操，對於鄭成功的決心抗清有相當的影響。

少年時代

鄭成功誕生於明天啓四年（西元一六二四年）七月十四日。地點是日本平戶河內浦千里濱。這個地方，青松翠綠、白沙千里，距離繁華市街很近，是一處風景極佳的海濱。據說鄭成功的母親到海邊拾文貝，忽覺分娩，來不及返家，就在濱內一個巨石旁產下鄭成功，所以取名叫「福松」，作爲紀念。福松就是指石側古松的意思。一直到現在，那兒仍有一個大石頭叫「兒誕石」。當地的人說鄭成功就是在這石旁誕生的。

鄭成功本名森，字明儼。在他滿月那一天，鄭芝龍因參加顏思齊之舉，事機洩漏，不得不倉卒離開日本。父子從此別離七年之久。在這七年當中，他都是由母親翁氏一手撫育的。據說鄭成功五、六歲時，他母親就送他到日本武道家花房某某學劍術「雙刀法」。可見鄭成功自幼身體結實，動作靈敏，且對武術很有興趣。

鄭成功一出生就深受其父親的喜愛，他的父親似乎對他充滿了希望，希望他的兒子能爲其家帶來好處。後來，鄭芝龍被迫亡命海上時，仍然思念愛子鄭成功，尤其是鄭成功出生時所出現的「火光」異象，更使鄭芝龍印象深刻而難忘。明崇禎元年，鄭芝龍接受明朝的招撫，被授爲海防游擊，生活安定且有權勢，就想接其妻子回中國，於是在崇禎三年五月間，先派鄭芝燕到日本去迎接，正交涉之中，鄭芝龍望妻兒回國心切，又派鄭芝鶚帶禮物及其軍威雄壯圖，並率同武裝船隊前往日本。是年九月，日本幕府終於准許芝燕和芝鶚將鄭成功帶回中國。他們一行於十月抵安海。鄭芝龍看到兒子儀容雄偉，聲音宏亮，心裡很高興，並為他取名「森」。

鄭成功的母親翁氏教子有方：一方面使鄭成功自幼明白人與人之間應對的禮貌。所以鄭成功在離日返國之前，就懂得到劍道老師花房某某家辭行。據說現在平戶高中校園裡，有一棵樵樹就是鄭成功到劍道老師家辭行時所植以留念的。另一方面，翁氏教他知道為人子者應該孝順父母的道理。因此，等他回到中國後，平日除了孝順其繼母顏氏外，更思念在日本的母親，每天晚上一定翹首東望，咨嗟嘆息。他這個樣子，常常遭到諸叔父和諸弟的窘笑，但是，他的四叔鄭鴻逵卻特別器重他，說他是鄭家的千里駒。鄭成功共有六個弟弟，除七左衛門留居日本外，其餘都在中國。依序為世忠、世恩、世蔭、世襲、世默，其中除世襲外，其餘諸弟都被清廷依謀叛律處死。

鄭成功回到中國後，鄭芝龍就延聘老師授以課業，期盼他在功名上有些成就，以光耀門第。不過鄭成功並不是讀死書的孩子，平常他喜歡讀《春秋》和《孫子兵法》，又好舞劍騎射，因為這樣四育並重，正好為他日後的事業，打下了良好的基礎，也應驗了相士對他的評斷：「濟世雄才，非科甲中人」。

雖然如此，鄭成功的學識與寫作能力，從小就很好，在他十一歲習作時，老師以「灑掃應對進退」爲題，讓他寫作，他在文中寫出「湯武之征誅，一灑掃也；堯舜之揖讓，一應對進退也」等令老師驚訝的文句來。這段文字叫人得到一個印象，即鄭成功自年少時，就有充分的政治意識，高度的時代感，對國家和社會又有相當深的責任心。

崇禎十一年（西元一六三八年）鄭成功十五歲，以優等的成績，考取了南安縣學生員。崇禎十四年，鄭成功十八歲，大概在這年年底或次年年初，鄭成功和禮部侍郎董颺先之姪女結婚。崇禎十五年十月二日，董氏生鄭經。二十一歲時，到南京太學深造，因仰慕錢謙益之名，拜錢氏爲師，鄭成功此時作詩已相當有水準。他的老師曾評論他的詩說：「聲調清越，不染俗氣，少年得此，誠天才也。」

鄭成功雖然受到他父親鄭芝龍的鼓勵，曾在科考上下過功夫，但平時即滿懷愛國的熱忱，對時局非常關心。曾向他的老師提出爲政的理想和做法。他的老師錢謙益同意鄭成功的看法，因而替鄭成功取個字叫「大木」。

弘光元年（西元一六四五年）五月，清兵破南京，弘光朝亡。是年六月唐王即位於福州，改元隆武，是爲隆武帝。九月間鄭鴻逵引其子肇基謁隆武帝，隆武帝賜肇基朱姓。鄭芝龍也在第二天領鄭成功晉見隆武帝。鄭成功相貌非凡，和隆武帝對答如流，隆武帝看了非常喜歡他，撫著他的背說：「我眞恨沒有女兒可以嫁給你」。於是只賜國姓，賜名「成功」，拜爲宗人府宗正，封爲御營中軍都督，儀同駙馬，因此中外人士都稱鄭成功爲「國姓」。隆武二年三月，時年二十三，受封爲忠孝伯，賜尙方劍，便宜行事，掛招討大將軍印。

鄭芝龍引其子鄭成功謁隆武帝，一方面是爲了謀求改善與隆武帝間的關係，另一方面則是想要用來掩飾他的陰謀不軌；而隆武帝對鄭成功寵賜獨多，固然是賞識鄭成功的才氣，當然也想藉此籠絡鄭芝龍，使之盡忠。但是隆武帝對鄭成功的恩賜，並不能滿足鄭芝龍的野心，加上鄭芝龍本來就是十分投機的人，並無政治上的理想與抱負，因此與滿清方面早有來往，以爲將來預留投降的餘地。

而這個時候，清兵在江南作戰也不如北方順利，所以和鄭芝龍同爲晉江人的江南經略洪承疇與招撫福建御史黃熙胤，便根據鄭芝龍的缺點向清廷獻計，以高官顯位來引誘鄭芝龍投降。清廷便以閩粵總督爲餌誘降，果然打動了鄭芝龍的心。最初鄭芝龍採觀望的態度，逞兵不前進，並於隆武二年六月藉詞到海上取餉，離開福州，最後在十一月向滿清投降。

鄭成功講春秋大義，和他的父親完全不同。隆武帝對他的隆恩，他不敢一日或忘。隆武二年，他曾率軍戍守仙霞關，可惜受制於他的父親，守兵因爲缺糧紛紛逃脫，鄭成功不得已退兵。雖然在仙霞關兵敗，但他仍然堅持抗清。當鄭芝龍準備投降而招來鄭成功商量時，鄭成功就分析當時的局勢，力諫其父不可投降。當時鄭成功分析說：

「閩粵之地，不比北方得任意馳騁。若憑高恃險，設伏以禦，雖有百萬，恐亦難一旦飛過。」

但是，鄭芝龍反而罵他年輕人不懂事，認爲以長江天險及四鎮的軍隊都無法抗拒清兵，何況偏安一角。鄭成功於是又說：

「吾父若藉其崎嶇，拒其險要，則地利尚存，人心可收也！」

鄭芝龍還是不聽，鄭成功又哭諫著說：

「夫虎不可離山，魚不可脫淵；離山則失其威，脫淵則死，吾父當三思而行。」

鄭芝龍聽了很不高興，鄭成功出來後剛好遇到叔父鄭鴻逵，便將父子會談的情形說明了一下，鄭鴻逵非常稱讚鄭成功，於是鄭鴻逵也去勸告鄭芝龍，應把握機會建立功業，以垂名後世，何必委身於人？但是，鄭芝龍仍然執迷不悟，因此鄭鴻逵便鼓勵鄭成功潛逃，以防被挾持，於是鄭成功逃往金門，自行另謀反清復明之道。而鄭芝龍也在不久向滿清投降，並派人召鄭成功同往投降。鄭成功只好寫信給他父親說：

「從來父教子以忠，未聞教子以貳。今吾父不聽兒言，後倘有不測，兒只有縞素而已。」

拒絕同往投降。不久聽到隆武帝及后遇難，立刻命軍民掛孝以示哀悼；接著又聽說他的父親被挾往北平，並猝聞母親翁氏被清軍淫辱殉難，鄭成功大爲悲憤，立刻揮軍回安平，先發母喪，然後往文廟，焚儒服，祭拜先師：

「昔爲孺子，今爲孤臣，向背去留，各有作用。謹謝儒服，唯先師昭鑑之！」

從此鄭成功棄文就武，擔負起反清復明的救國大任。

三、義師興起

隆武二年十二月朔，鄭成功大會文武僚佐於烈嶼，設高皇帝位，擇日誓師。用「招討大將軍印」，稱「罪臣國姓成功勤王」。

雖然起義之初，追隨他的只有陳豹、陳輝、洪旭、張進及施郎（降清後改名爲琅）等九十餘人，但由於他的號召復明，很多宗室遺臣都前來依附，若干忠心勤王的人也從此歸心於他。他又到南澳號召，得到數千人，所以軍力大增，一支反清復明的義師，便在閩粵沿海活躍了起來。

不過，當時東南沿海，據地稱雄的人很多，如金門是鄭成功叔父鄭鴻逵的勢力範圍；廈門則是鄭成功族兄鄭彩、鄭聯兄弟所有；北方上游的海壇、南日、南北二茭及舟山等島，都由魯王屬下的周瑞、周鶴芝、張名振、阮美等人分守；而南方諸島如銅山、南澳則又分別被朱壽和陳霸所據。鄭成功自南澳歸來以後，只能在南安故土，訓練士卒，整飭船隻，漂游於鼓浪嶼與海澄一帶，作小規模的活動。

永曆元年（西元一六四七年）移兵南澳。由於勤王之士，遠近皆來，軍勢日益壯大。於是出兵福清，希望另覓新的根據地，並藉以籌餉；可惜力戰三天，失利而還。七月間，他又以洪政和陳輝為左右先鋒，楊才、張進為左右鎮，林習山為樓船鎮，並聯絡鄭彩與鄭聯兄弟，進攻海澄。但由於計畫不周，而清朝援兵又及時趕到，結果洪政中流矢重傷，監軍楊期潢陣亡。鄭成功不得不再退兵至粵。當時他的叔父鄭鴻逵就寫信表示願意「助汝一振，合攻泉州，暫作安身」。

鄭成功立刻接受了他的建議，便於八月間與鴻逵合兵攻泉州。鄭軍列營於桃花山，清泉州提督趙國祚率領五百騎兵及一千多步兵，分為兩隊，直衝營壘。鄭成功命張進、楊才等迎戰，鄭鴻逵派林順帶兵夾擊，結果清兵大敗，退入城中，閉門死守。鄭成功為防止在溜石寨的解應龍來援泉州，特別遣水陸兩路軍隊突襲，斬參將解應龍，圍泉州益緊。當時駐守漳州的清軍副將王進聽到泉州被圍，便率步騎兵來援，在泉州附近與鄭軍激戰，鄭鴻逵竟於此時棄兵遁回金門，鄭成功也只好引兵回安平；泉州之戰，又告失敗。不過，鄭氏兵船仍游弋泉港，自冬復春，泉州城戒嚴。這是鄭成功初露頭角的幾次戰役，雖然戰果不很理想，但是鄭成功的軍聲卻由此遠震閩海了。

永曆二年（西元一六四八年）春天，魯王派兵進攻福建，連下建寧、興化等城，鄭成功為策應攻勢，也在閏三月中率領樓船鎮林習山和右衝鎮甘煇等人，近逼同安，和清軍大戰於店頭山，清軍大潰，守軍游擊官廉郎和同安知縣張效齡棄城逃走，甘煇等軍於是攻入同安縣城。鄭成功命出令安民，不許騷擾，並任葉翼雲爲同安知縣，教他勸諭輸徵，以濟軍餉。又命陳鼎爲教諭，傳告諸生，起義勤王。

清福建提督趙國祚聽到同安失守的消息，就飛報總督轉題善後之策。七月間陳錦等人奉旨督師反攻同安。鄭軍守將邱縉、林壯猷，知縣葉翼雲、教諭陳鼎等人都認爲，鄭成功「志在勤王，以一城託我等，自當竭力禦守」。可是由於兵力懸殊過甚，鄭軍全部犧牲。邱縉、林壯猷等在巷戰中力竭而死，葉翼雲與陳鼎也在城陷後不屈被殺。清兵以同安百姓支持鄭成功，破城後一舉屠殺了五萬人。鄭成功當時在銅山整頓船隻，訓練士卒，聽到同安戰訊，即整大隊舟師回救，無奈當時北風盛發，船到金門時同安已經被清軍攻陷了。鄭成功痛哭遙祭，眞情感動所有部屬。

到了十月間，永曆帝派人送來詔書，封鄭成功爲威遠侯。他原先的「招討大將軍」名銜以及便宜行事的大權，仍然如舊。在這一年中，鄭成功爲了增強抗清的實力，曾寫信向日本長崎方面借兵數萬。雖然日本沒有回答他的請求，但是日本對於鄭成功反清復明的忠貞心志，也都至表敬佩。

永曆三年（西元一六四九年），鄭成功在銅山募兵，命楊才、柯宸樞、黃廷、張英等人率兵攻漳浦；清軍守將王起俸起義歸降，鄭成功授以都督同知，令管北標將。七月間，永曆帝爲酬庸鄭成功對明室的忠貞，再封爲廣平公。同年十月，鄭成功又率軍進攻雲霄港，由白塔登岸，分道進攻。守將張國柱在離城五里處烈火營迎戰，被鄭氏部將楊才和施顯擊敗殺死，鄭軍進而攻城。清軍守將姚國泰雖拒守，但被鄭軍打成重傷，雲霄也被鄭軍攻下。接著鄭軍乘勝回攻詔安，與清軍會戰於盤陀嶺，鄭軍守將柯宸樞因蒙霧不清及寡不敵衆，最後砲矢用盡，全軍陣亡。柯宸樞、柯宸梅兄弟都壯烈犧牲。清軍反而收回了雲霄，也解除了詔安之圍。

十一月初，鄭成功督兵由分水關入潮州，抵達黃崗時，發現潮屬一帶地方多被土豪盤據，如三吳壩的吳六奇、黃崗的黃如海、南洋的許龍、澄海的楊廣、海山的朱堯、潮陽的張禮、碣石的蘇利等等，鄭成功認爲這些土豪是反清復明的障礙，必須加以消除，於是先移兵南洋，一戰敗許龍，再戰收降張禮，於是取得不少近海港口，鄭成功通運兵丁糧食，從此方便了許多。

永曆四年（西元一六五〇年）正月，鄭成功帶兵到了潮陽，知縣常翼風以城來降，地方父老到城郊相迎，鄭成功以洪旭駐鎮，軍器糧務，一任管理。同月，楊才又攻下和平寨。二月鄭成功揮師平員山、和尙二寨，餘寨都聞風歸順。四月，鄭成功和叔父鄭鴻逵合兵攻揭陽。鄭成功用靈熕砲擊毀城牆，揭陽遂降。清兵潮州守將赫尙久率步騎兵數千人來援，結果也被鄭成功部將擊敗，屍橫遍野，赫尙久僅以身免。六月間，因爲進攻潮屬山賊蘇利失利，鄭成功就兵分三路攻潮州，但是，圍城三個月始終不能攻下。當時正好是溽暑，士兵生病極多，而清兵的援軍不斷趕來，鄭成功不得已退兵到潮陽。

八月，鄭成功的三叔鄭芝鵬到了潮陽，勸說鄭成功取廈門做根據地。當時金、廈二島被鄭成功的族兄鄭彩、鄭聯所據，肆虐無道。但他們的船隻很多，部將很老練。鄭成功擔心萬一沒有拿下，反而結仇。後來想到兩島本來也是鄭家自己的土地，而鄭彩兄弟又橫行霸道，於是從揭陽回師，中秋夜抵廈門。鄭聯當時夜飲於萬石岩，第二天宿醉未醒，迷糊中會見了鄭成功。鄭成功對他說，常常打敗仗，實在沒有面子相見。假如兄弟能幫忙，派軍隊相助，並給塊地方容身，終生不忘大恩大德。這時候的鄭聯毫無戒備，船隻和部屬都被鄭成功的部下包圍而投降。鄭彩當時不在金、廈，遠走南洋，聽到這一消息，祇好派人向鄭成功說，我年老氣衰，仔細看看我們兄弟，能夠繼承先人並發揚光大的，只有你而已，我願意將所有軍隊都交給你。後來，鄭成功也派人去接鄭彩回廈門，兄弟相親相愛，毫無猜忌，一直到他病逝，鄭成功始終非常厚待他。鄭成功自興起義師以來，在閩粵沿海征討多年，但始終沒有一個根據地，現在得到族兄的廈門諸島，抗清復明的事業，從此有了固定基地。

鄭成功取得廈門以後約兩個月，魯王因爲浙江方面的戰事失利而來投靠他，與魯王同來的還有閣部曾櫻、閩安侯周瑞等人，鄭成功非常禮遇魯王，厚待曾櫻，並任命周瑞爲水師右軍，黃大振爲援剿前鎮。

十一月，清平南王尚可喜、靖南王耿精忠，率兵萬騎攻廣州，情勢非常嚴重，桂王派人來見鄭成功，希望出兵援救。閏十一月，鄭成功傳令「各鎮官兵束裝行李，聽令在船，南下勤王」。至於潮陽方面的軍事，由於要南下勤王不能兼顧，只好下令棄守。十二月，鄭成功抵揭陽，清兵已攻下廣州。於是和叔父鄭鴻逵商議，以赫尙久降清，揭陽實在無法久居，所以請鄭鴻逵回中左（即廈門）居守，而自己繼續南下勤王。從這裡可以看出他對明室的忠貞是何等堅強。

四、經營金廈

鄭成功的抗清運動，可說是愈戰愈勇，終成東南砥柱。這其中原因除了他的志節受人尊敬、得人支持外，還有一些因素存在。例如他採取以進為守、以攻為防的戰略。無論是攻海澄、打泉州，或是克同安、降潮陽，每一戰役他都採取主動，以外線攻勢代替內線防守；這正是兵家所謂的「以戰為守則固，以攻為防則存」。其中是他能利用本身海上的活動力量，舟師水戰的優點，所以他的義師，不僅能存在，而且日益活躍堅強，頗使清軍感到困擾。

到了永曆五年（西元一六五一年）正月，鄭成功應西寧王李定國之請，勤王南澳，忠勇侯陳豹請見，陳豹勸告鄭成功，以為廣州已被滿清攻陷，去了也遇不到桂王，而廈門非常重要，不可淪陷，建議鄭成功暫時留駐南澳，居中調度，他則代替鄭成功率兵南下勤王，必要時，鄭成功再親自南下即可。鄭成功知道陳豹的好意，但卻不表同意。他認為鄭家深受國家的厚恩，應該不辭勞苦報效君國，哪能先考慮自己呢？所以留陳豹在南澳。另外施郎也勸告鄭成功，說他昨夜作了一個不祥的夢，希望鄭成功不要再南下。但是，鄭成功的心志太堅定了，陳豹等人只好作罷。

鄭鴻逵爲了壯大鄭成功的行色，特別讓鎮將蕭拱辰、沈奇隨同鄭成功南下。二月二十五日，勤王軍在白沙湖海上遇到大風暴，不得已，各船都駛入鹽州港，而鄭成功的座艦則因風大轉彎不得，在海上幾乎翻覆。三月初十，軍隊到了大星所登岸取糧，並令水陸兩路攻打所城，另派協將萬禮帶兵設伏於龍盤嶺，殺退惠州來援的清軍。十五日揮兵攻城，一舉而下，在城中得到很多米穀。但是，二十二日，他突然接到快報，廈門遭到清兵偷襲。

原來在三月間，清福建巡撫張學聖、提督馬得功、漳州鎮王邦俊等，垂涎鄭氏在廈門的積蓄，所以乘鄭成功南下勤王的機會，大舉出兵突襲。清軍脅迫鄭成功另一位叔叔鄭芝豹用船隻載渡清兵過海。鄭芝豹因爲哥哥鄭芝龍在北京，怕被加害，只好同意了。本來廈門除鄭鴻逵的部屬協防以外，鄭成功還安排族叔芝莞留守，並有前鋒鎮阮引及後衝鎮何德等人率兵防衛，但是當清兵來襲時，鄭芝莞卻席捲珍細逃遁，不敢作戰，廈門因而陷落。當時鄭鴻逵希望鄭成功回師救廈門，但鄭成功耿耿於勤王之事，說：

奉旨勤王，今中左既破，顧之何益？且咫尺天顏，豈可半途而廢？國難未報，遑顧家為？

準備繼續南行。可是將士們的家眷與產業都在廈門，大家思歸心切，無心南征。由於有不少人逃跑，鄭成功無可奈何之下，只好向南方揖拜著說：

臣冒涉波濤，冀近天顏，以佐恢復，不意中左失守，將士思歸，脫巾難禁，非臣不忠，勢使然也。

他揮淚痛哭，三軍也哀慟非常。勤王之事，就這樣半途而廢了。四月初一，鄭成功回到廈門，但清軍已在幾天前飽掠渡海返防。鄭成功爲此大爲震怒，他引刀自斷其髮，發誓必殺韃虜。

這次大變故，馬得功掠走了鄭成功父子兩代的積蓄，計黃金九十萬餘兩，珠寶數百鎰，米粟數十萬斛；還有將士們的財帛，島上百姓的錢穀爲數也很多。本來鄭鴻逵自廣東趕回，以水師截住了清軍的歸路，原可以奪回被掠貲財的，可是清將以鄭芝龍在北京和其母居安平故里要挾鄭鴻逵，強迫他讓路，鄭鴻逵只好縱馬得功等安全渡海。難怪鄭成功回到廈門以後說：

> 渡虜來者澄濟叔，渡虜去者定國叔，棄城與虜者芝莞功叔；家門為難，與虜何干？

後來鄭鴻逵感到失算而歉疚，於是退隱在白沙，金門若干地區從此也變成鄭成功的勢力範圍了。

四月初十，鄭成功在廈門召集大家議論廈門失守的功罪。他先賞了一些作戰有功的官兵，然後責備他叔叔芝莞說：我南下勤王時，本來不敢將地方城池託付你，是你自請要負責任，現在失責，還有什麼話說呢？芝莞歸罪於阮引作戰不力。鄭成功反駁他說，水師未敗的時候，你已先搬東西，人也逃到船上去了。於是命令把鄭芝莞推出去斬首。有些將官替鄭芝莞說情，鄭成功不爲所動，終於大義滅親。第二天也殺了阮引，處分了其他失職的人。因此，諸將股慄，兵勢得以復振。

過去有不少歷史家以鄭芝莞被殺來批評鄭成功，說他「用法峻嚴，果於誅殺」，也有人說鄭成功是因爲痛惜那麼多的家產被奪，所以才殺鄭芝莞來洩恨。其實，這是不瞭解當時環境的說法，也是對鄭成功不公平的。鄭成功如果不用這種「誅不顧親」的非常手段，如何消軍民之恨呢？何況鄭芝莞這種不戰而走的行爲，當然該斬。同時鄭成功屬下的將吏，仍有不少鄭芝龍時代留下來的海盜，這些人很不易領導和對付。爲了震懾三軍，所以鄭成功必須殺鄭芝莞。果然，此後將士仇清反清的情緒更爲高漲，作戰也銳氣百倍，屢戰屢勝，戰果相當輝煌。

五月，鄭成功出兵攻永寧、崇武兩縣。且親自督師到達海澄磁灶，清軍王邦俊率海澄騎兵數千人來援，鄭成功撥戎旗鎮伏磁灶山坑南，援剿右鎮黃山伏坑北，左先鋒蘇茂、援剿左鎮林勝伏磁灶社內，另派甘煇、萬禮、柯鵬等人率兵誘敵，不久伏兵齊出，大敗清兵，並且得到了大批的馬匹和輜重。

七月間，永曆帝派太監劉九皋來見鄭成功，劉九皋除了對鄭成功報告西南戰局惡化及瞿式耜等人殉國的消息外，並請鄭成功率兵從虎門進入，攻擊粵東，好分散清兵。據說鄭成功本已擇好日子將率軍出發，但卻在廣東海上遇到大風，船各飄散，船的裝備也受到很大的損失，無法勤王，因此又回師金門後埔。

九月間，鄭成功再率兵攻漳浦，清軍王邦俊又調步騎兵數千人來援。鄭成功同樣先設下埋伏，然後由王秀奇、林勝等人先搗其鋒，親丁鎮等繼殺於後，清兵又敗，豕突狼奔。鄭軍一路追殺到龍井，清軍投降的有好幾百人，王邦俊等僅以身免。

王邦俊因兩次被鄭成功打敗，便向上級求援，於是福建巡撫派了楊名臯及幾千名步騎兵，協同王邦俊對付鄭成功。到了十一月間，鄭成功督師由九都登岸，進紮小盈嶺待敵。撥援剿右鎮黃山、督正兵營陳壎等，埋伏在鵲鳥山下；右先鋒黃廷、督左衝鎮康明等，伏於東邊嶺下；鄭成功親率戎旗鎮紮嶺上；其餘左先鋒、援剿、右北鎮等官兵，紮西邊嶺下；另派親丁鎮甘煇等人紮鴻漸山。不久，楊名臯帶著清兵分三路而來，鄭軍也分三路迎戰，結果清兵戰卻，被鄭軍追逐擒殺不計其數。清兵也有踰山來抄鄭成功陣後的，但也被甘煇等人擊潰了。後來各鎮兵合力追殺楊名臯的潰兵到馬厝港，楊名臯幾乎被殺。鄭軍乘勝到舊鎮港登陸，進兵到漳浦城下，清軍守將陳堯策獻城歸降，知縣范進也帶著大印到鄭軍門前歸順，鄭成功都很寬厚地對待他們，並且仍任命陳堯策率兵駐鎮。

在這一年中，還有幾件大事是與鄭成功抗清有關而值得一提的。

第一，六月中先設仁、義、禮、智、信五營。八月又增設英兵、奇兵、遊兵、殿兵、正兵五營，合爲十營；又命陳啓設局督造軍器、藤牌、戰備、火箭、火筒、火罐等項，戰力裝備都大為增加。

第二，先後有黃興、黃梧、張名振、周崔芝、阮駿等來歸，鄭成功都任用了他們，使其參加反清行列，也增強了反清的力量。

第三，五月間，施琅渡海降清，背叛了鄭成功，造成最後滅亡明鄭的主要禍根。

施琅原名郎，晉江人。當廈門被襲後，鄭成功論功過行賞罰時，以施郎有功曾予獎賞。鄭軍當時已有借勢互相爭鬥的毛病，而施郎與弟施顯，累有戰功，最為跋扈，經常仗勢凌人，大家都不太敢和他們兄弟衝突。當永曆五年正月，鄭成功親率了百多號舟師準備到廣州勤王時，施郎假託夢不佳而不肯隨鄭成功南下，鄭成功不得已以副將蘇茂代領施郎為左先鋒；等鄭成功班師回廈門時，以施郎曾率兵從陸路趕來打敗清軍有功而加以獎賞，但是仍然讓蘇茂率領軍隊，並沒有恢復他的兵權，為了這件事，施郎感到很不高興。為了想揣測鄭成功對他的態度到底如何，施郎曾向鄭成功請求准他去當和尚，可是，鄭成功沒有同意，並要他再去招募軍隊，擬授他為前鋒鎮，然而施郎卻真的削髮而不再和鄭成功相見。不久以後，施郎糾合了一些人辱罵黃廷營，並且毀壞了許多器物，鄭成功知道後，給了他一番訓誡，施郎表面上雖然表示接受，但內心裡則懷恨了起來。又過了一些時候，他又以親軍曾德請入鄭成功親隨營，於是擒殺曾德，鄭成功爲了此事，下令不可殺曾德，但是施郎抗命，於是，鄭成功對施郎已感到不能忍受了，到了永曆五年五月間，施郎對鄭成功的不滿已完全表面化，鄭成功就擒拿施郎及其父其弟加以治罪，可是，施郎逃脫後投降滿清。並改郎爲琅。鄭成功慨嘆施郎的降清「必貽後患」，眞不幸而言中了。

永曆六年（西元一六五二年）正月初二日，鄭成功親自率兵攻海澄。當天潮水大漲，鄭成功的座船直達城下，直入中權關，清軍守將赫文興率將士出降；鄭成功大賞赫文興及各軍士，授赫文興爲前鋒鎮，並任命他與中軍都督張英一齊駐守。初十日，進兵江東，派各鎮官兵攻長泰縣。以提督甘煇爲主。十七日，到溪西地方，駐漳州清軍幾千人交戰，甘煇、陳俸等人初因兵未集齊，戰鬥失利，甘煇並身受兩箭。後來王孔、歐斌等嚴厲督軍前進，斬殺清軍馬將二人，戰局才轉敗爲勝。清兵溺水而死的非常多。

其後鄭成功紮營長泰東門外的石高山上，一方面製造雲梯等攻城的戰具，一方面把長泰縣團團圍住，但仍久攻不下。到了三月間，清閩浙總督陳錦率領了幾萬步騎兵來援，於是鄭成功就將軍隊移到江東山等待，並在各要隘分別設下埋伏，互爲犄角以待清兵來臨。陳錦率兵由東南山阜而來，看到鄭軍寂然不動，也不敢貿然逼近。後來鄭成功見時機已至，就放了三支火號，於是各營蜂擁殺出，清軍亦分路迎戰，雙方正酣戰之時，鄭成功親自帶領戎旗奮勇前衝，清兵只好稍退，而陳俸、甘煇、黃廷等人又奮前夾擊，赫文興更率兵騎直搗其中，清兵乃披靡退敗，鄭軍乘勝掩殺一陣，陳錦突圍逃走，留下了遍地的清軍屍體，全軍慘敗。

此役鄭成功獲得無數的衣甲輜重。長泰城的守將及縣官乃在四月十三日乘夜棄城逃走，百姓等開城迎鄭成功鎮守。鄭成功以舉人馮澄世爲知縣，護衛右鎮沈奇駐防。四月間，鄭成功乘勝攻漳州。清軍死守漳州城，鄭成功乃設二十八宿營圍攻。五月，清將馬進寶率兵自浙江來援，會合漳州守將王邦俊出東門迎戰。鄭成功撥周全斌、藍登等伏兵東岳左邊，謝對、余新等伏兵右側，大軍則駐𥰭市尾待敵；清軍則由大路前進，鄭成功領各鎮兵左右衝擊，生擒清兵副將金鳳，斬獲極多。清兵挫敗乃退守城中，不敢再出來。定西侯張名振向鄭成功建議在鎮門築水灌城，但由於水湍不易施行，於是鄭軍在城外立木柵，設立據點，作爲久困之計。

八月間，漳州被鄭軍圍困已達三個多月，城中食盡，鼠雀及樹根、木葉、水萍、紙皮等都吃光了，甚至殺人爲食，百姓餓死的有七十餘萬人。可見戰爭的凄慘了。不過鄭軍始終沒有辦法攻下城池。到了九月間，清朝又派了平南將軍金礪帶兵入閩來援救漳州，金礪率領了滿漢騎兵一萬多人，聲勢相當浩大，十八日抵達泉州紮營，準備對鄭軍發動攻擊。鄭成功這方面也感到久攻不下，師老糧匱，於是就退屯古縣，想用擊敗陳錦的策略，先全力擊破金礪的援兵。他認爲只要金礪一敗，則漳城亦如長泰，不攻自破。

可惜金礪已知鄭成功的戰略，到了十月初一日，鄭成功退走古縣，漳州城解圍。清軍並且連夜進擊，鄭成功派甘煇、郭廷等人率兵駐紮山嶺，設伏於松林之內以做左側，右側則以黃山、陳俸、洪承寵、余新等統兵鎮於田中，作爲頭疊，另撥廖敬、林德等鎮軍往來馳援，鄭成功則親率戎旗鎮馳應左右。

初三日，金礪發動攻擊，分三股而來，先以一股攻左側，甘煇立刻揮軍迎戰，初時勝負未分，後來林內伏兵齊出，抄攻清軍後路，遂敗清軍。而右側黃山等則用火箭、火砲猛攻金礪的清軍，不幸適當西北風盛發，猛烈的火煙被風吹回，使得對面昏黑，遮不見人。清軍立刻乘煙突衝，鄭軍不能相顧，潰散而走。鄭成功援救不及，只好退守海澄。這次漳州之戰，鄭軍損失慘重，歿於陣的將官有黃山、陳俸、廖敬、郭廷、洪承寵等人。

戰後，鄭成功除增派人馬屯守海澄外，並徵民伕每家一名築海澄短牆，此城高二丈餘，將舊有的土城連結在一起，全部用灰石砌成，並且安置大小銃三千餘號，城周環以港水，內外相通，可以行舟楫，城內堆積米穀軍器，如此正好扼住潮州之咽喉，與金廈二門互爲表裡，工事極爲堅強。鄭成功準備做長期防守的打算，也難怪清平南將軍金礪要向清廷奏請增發大兵攻取了。

由於鄭成功圍漳州之役時，先敗陳錦，再退馬進寶，而金礪的大軍也對鄭軍無可奈何，清廷乃改變對鄭成功的策略，清帝先頒招撫的詔書，鄭芝龍也在清廷的指使下派了家丁南來，勸說鄭成功接受招撫。

永曆七年正月，鄭成功拒絕了清朝的招撫，並且派專差告訴他的父親，由於當初不聽他的話，才落得現在的下場；他完全瞭解父親降清的錯誤，自己哪有明知故犯的道理？所以拒絕了父親的關說。

在福建的金礪得訊，便著手發動另一次大攻擊，希望一擊消滅鄭成功，以靖海氛。四月中，金礪調集了水陸官兵船隻，並強徵十縣民伕二萬抬運攻城器械，來攻海澄，清將劉清泰調水師出福、興二港，合攻廈門。鄭成功命令林察、周瑞、周崔芝、阮駿、黃大振等分守各港；而林察的船突遭颶風侵襲而漂入興化港，結果被清兵所俘，不過又因議和的關係被釋放回來。二十八日，金礪出師，海澄守將赫文興告緊。

五月初一日，鄭成功到海澄，命知縣張英糾集壯丁準備器械，協北鎮陳六御督仁武營吳豪、義武營陳鵬、智武營藍衍守城；並以各鎮分紮城外，他自己則駐媽祖宮督戰；又以水師楊權、蔡新等以遊兵擾亂對方。

初四日，金礪親率馬步兵數萬人也來到媽祖宮之前紮營，離鄭成功營地僅半里而已。當天晚上，清軍即以大小銃砲數百門猛轟鄭成功，破壞了海澄不少的防禦工事，鄭軍傷亡極爲慘重。鄭軍諸將見狀忿不可忍，乃以後勁鎮陳魁、後衝鎮葉章先率精勇數百人，合力乘砲煙衝出，殺進清軍，金礪的伏騎突起，砲火非常猛烈，結果葉章陣亡，陳魁腿折。到初六日，海澄營壘被砲毀多處，兵將驚怖而竊竊私語。鄭成功要廖達傳令說，海澄都守不住，還談什麼恢復明朝？他要好好設計大殺清兵，如有害怕不敢守城的人，可以自由離去。衆人都很感動，奮勇禦敵。鄭成功登高台觀測，諸將勸告他暴露在清軍砲轟之下太危險了，鄭成功反而說，命繫於天，虜砲其奈何我？張蓋而登，立刻砲彈如雨般地落了下來，衆人請他避開，他不肯，甘煇情急，強拉他下來，緊接著，一砲轟來，打破了剛才鄭成功站的地方。因此亦可見戰況的激烈以及鄭成功的神勇。

另一方面，鄭成功以護衛前鎮陳堯策守鎮遠寨；金礪想攻海澄，又受制於此寨，所以準備先下手攻鎮遠寨，清軍以猛烈的火砲終將鎮遠寨營壘摧毀，但鄭軍仍掘地爲穴頑抗。同時令戎旗鎮神器營何明於營壕邊埋設地雷。六日當晚，金礪以砲火猛攻，五鼓時分，清兵又分三疊衝來。鄭成功親自督戰，兩軍激戰，三進三退，清兵始終不能越壕。初七日清晨，金礪傾巢而出，剛渡城壕，一聲砲響，鄭成功立刻引發火藥，清兵幾乎全軍葬身火海之中，金礪僅以身免，大敗而回。這就是海澄之役。

六月，鄭成功攻揭陽鷗汀寨，結果兵敗且傷了腳。八月回廈門。接著就接到清廷議和的信，雙方展開談判，鄭成功爲了籌措糧餉以充裕兵食，也就將計就計地與清廷周旋了。

鄭成功除了在閩省攻城掠地以抗清軍之外，粵海勤王方面他始終耿耿於懷。永曆六年三月，李定國入楚，隨即克沅州藍田；五月取靖州武岡；七月又克全州寶慶，並取廣西桂林，殺定南王孔有德。十一月再攻衡州，斬敬謹親王尼堪。西南戰局，重現曙光。這時孫可望、李定國都派人來約鄭成功會師。但是，這時候的鄭成功在閩海方面，戰火高漲，而且都是具有重要性的戰役，加上古縣一役中喪師失利，實在是心有餘而力不足。

更不幸的是孫可望與李定國交惡，大大削弱了西南反清勢力。永曆七年二月，李定國在永州慘敗，折兵四萬多人，戰力益形薄弱。因此，他在五月間差人送信給鄭成功，希望他出師南下，先併力收復廣東，再北上聯軍北伐。可惜，鄭成功收到李定國的信時，正是海澄大戰之後，鄭成功在海澄之役雖獲勝，但本身也犧牲慘重，大喪元氣，亟須作一番整補。因此，鄭成功這次又無法南下和李定國會師了。

永曆八年六月，清廷正發動和議攻勢時，李定國又寫了兩封信來，請他即刻督師南下，合擊廣州與新會。這些信是由李定國派來的專差和鄭成功派去的李景一齊帶回來的。

鄭成功到了這年的十月十九日，終於不顧親情而嚴拒和談，並決定派兵南下，與晉王李定國等會師勤王。

這次，鄭成功用兵規模很大，以林察、周瑞等人統軍出征，不僅有官軍數萬，戰艦百隻，同時還發放糧米十個月，準備做長期征伐。

然而李定國卻在廣州珊洲之役，一戰盡失其精銳部隊，終於敗走南寧，形勢更爲衰弱，永曆的處境也愈加艱難。

永曆九年五月，南下勤王的軍隊卻突然又回到廈門。據說林察一行因爲李定國戰敗，退入梧州，由於無法會師，只好率兵回基地。但是，鄭成功聽了非常生氣，以爲他們逗留觀望，存心畏避，於是按情節輕重，處分了很多人，其中周瑞被削職奪爵，永不敘用；林察、王秀奇、蘇茂則各降三級。其他人也有降二級的；但陳澤、黃元、林文燦三人，則因想前往廣東，以便聲援，鄭成功給予加陞一級，並賞銀一百兩。

爲了未能勤王，鄭成功極感歉疚，因此，除了處罰林察等人以外，他立即派人送信給李定國，解釋他這次回師的原因。

到了永曆十年，李定國棄守南寧，四月間又會同白文選等人保護永曆帝移蹕到了雲南。因此，鄭、李東西呼應、互爲聲援的可能性也變得渺茫難得了。

鄭成功自永曆四年底首次率師勤王以來，先後因將士脫巾、風信不順等種種原因，使得事與願違，始終沒能產生抗清軍事上東西牽制的效果及達到勤王的目的。尤其鄭成功與李定國一再約期會師的不能實現，實在是最令人遺憾的事。

五、和戰之際

鄭成功自從隆武二年（西元一六四六年）興起復明義師，到永曆六年（西元一六五二年）圍困漳州的六年之間，他與清軍在金廈外圍發生過至少二十次以上的戰役，雙方雖然互有勝負，但是清朝的征剿任務顯然是沒有達成，而鄭成功的勢力則日漸壯大且有燎原之勢，這種狀況實在令清廷憂慮。由於軍事上無法消滅鄭成功，於是不得不改變策略，利用招撫和議的方式，以遂行其政治分化的陰謀，達成消滅鄭氏、完成統一的霸業。鄭成功當然知道清廷改用和議的陰謀，只是因為鄭芝龍等家人都在清廷做人質，一門生死之權，都還操在敵人手中，所以不能不虛與委蛇。同時，為了籌措軍需糧餉以及兵源等問題，亦可藉和議的機會來加強。因此，鄭成功在大舉北征之前，曾和清廷有多次和談。

永曆六年十月初九日，清世祖賜閩浙總督劉清泰一道敕文，指出鄭成功的父兄都已歸順，但由於地方政府與已死的多爾袞等不瞭解清帝的意思，行事乖張，以致鄭成功不敢也不願意歸降。因此，命令鄭芝龍作書招降，同時許以赦罪授官，聽駐原地，不必赴京等優厚的條件，想引誘鄭成功接受招撫。

鄭芝龍派家人周繼武於永曆六年十月離京南下，第二年正月到達廈門見到鄭成功，向他備述鄭芝龍勸他接受和議的心意。可是，鄭成功的反清復明，並非爲了個人的利益，而是對國家民族盡大忠大孝的情操；只是爲了父親家人的安全，所以他的回信寫得很溫和，只對福建巡撫張學聖偷襲廈門，掠去鄭氏與鄭軍的財寶一事表示不滿。因此，清廷誤以爲鄭成功是可以名利相誘的。所以在永曆七年五月十日，清世祖特頒諭旨，封賞鄭家父子兄弟官爵；封精奇尼哈番鄭芝龍爲同安侯，鄭成功爲海澄公，鄭鴻逵爲奉化伯，鄭芝豹爲左都督。同時追究廈門事件有罪官將，更指示敕諭到日，滿洲大軍即行撤回，閩海地方保障事宜，完全交由鄭成功負責。清世祖表明了招撫的誠意達到了極點。當然，清世祖也以鄭芝龍等人質爲威脅，要鄭成功不可拒絕和議。

清廷於是特命滿洲章京碩色以及鄭成功的表親黃徵明等人，攜帶敕諭及「海澄公印」、「奉化伯印」各一顆，南下福建，辦理招撫的工作。同月十七日，清世祖又下令閩浙總督劉清泰，精選通達國體、曉暢事機的幹員，協助處理。還要求務必完成招撫任務，可見清世祖主動和周全的準備。

八月間，鄭芝龍所差李德、周繼武等人見到了鄭成功，並轉呈了鄭芝龍的來信。鄭成功除了將計就計進行他的籌糧辦法之外，也回了一封義正辭嚴的家書，在家書中，他不但揭穿了清廷的種種誘騙陰謀與虛僞行徑；同時也表明了他對明朝忠貞不貳的堅定立場。

九月，和議開始，鄭成功就利用這段和議期間，分派專差到閩南各地徵收糧餉，先後在晉南地方徵得餉金二十萬，雲霄地方得來五萬多石，急得閩浙總督劉清泰不知如何才好，只得寫信給鄭成功，教他不要逞強，勸他早日接受清廷和議。劉清泰亦寫信給鄭鴻逵，希望他促鄭成功接受招撫，否則清軍將即刻南下。鄭鴻逵由於顧慮到鄭芝龍的安全，所以很委婉地回了劉清泰一封信，表示自己身體不好，已退隱多年，而鄭成功方面的事，他則推給鄭成功。劉清泰也著實無可奈何。

同年十月，李德等回北京，鄭芝龍看了鄭成功的覆信，知道和議無法達成，便向清世祖報告。清朝對此棘手問題只得再加「研議」。經過半個月多的會商研究，清世祖對鄭成功再度讓步，以便和議能繼續進行。清廷這次願意把泉、漳、惠、潮四府的地方讓給鄭成功，作爲他安插兵丁及籌餉之所，並且封爲海澄公，又給靖海將軍敕印，照例食俸。清廷以爲這樣可以滿足鄭成功的要求，鄭成功一定會接受和議了。

這次攜帶世祖敕諭及海澄公印南下入閩的除了李德以外，清廷另派了鄭氏及賈姓的特使二人。他們一行於永曆八年正月到達福州，與閩浙總督劉清泰見面會商以後，仍令李德先到廈門去拜會鄭成功，通報清廷遣使南來議和的事。劉清泰並以私人身分託李德帶了一封信給鄭成功，說這次和議是千載難逢的殊恩，當然信中也充滿了恐嚇利誘的話語。不過，劉清泰又一次失望了，鄭成功絲毫不爲所動。

同時，李德到廈門會見鄭成功，必然說了不少鄭芝龍一家在京中受制的苦情。鄭成功爲了應付清廷的特使和劉清泰的苦心，以及乘機籌餉，便派了常壽寧爲正使，鄭奇逢爲副使，前往福州談判。臨行時，鄭成功訓示常壽寧，議和的事他已有所決定，此次前往談判，只是禮節要做得好看，不可失明朝體統，應抗應順，可以臨場決定，不可辱了使命。常壽寧由於鄭成功的指示，所以二月初一日到福州以後，就和清使發生爭論。

雙方經過幾天的折衝與安排，終於在二月初六日清廷使臣與鄭成功見了面，第二天，清使把印敕交給了鄭成功。可是鄭成功根本沒有開讀，只宴請了清使一頓，對和議也沒有什麼表示。到初八早上，清使按捺不住地問鄭成功，鄭成功才回答說，我的兵馬太多了，沒有幾省是不足夠安插的，並退回了敕書和印信。清使眼看鄭成功無意受撫，就不敢再問，於初十這天回京覆命，這次的和談也就此結束。

鄭成功乘清使北上以後，便乘勢分遣各提督、總鎮，就福寧、興化、漳州、泉州四府屬邑，派助樂捐，備辦船料，眞正收到了利用和談以強大力量的效果。爲了怕引起福建地方清兵的阻撓，他對劉清泰解釋，這是爲了解決數十萬軍民吃飯問題的權宜措施。劉清泰對他的這種說法既無法反駁，又不便出兵阻撓，只得寫封信，催促鄭成功早日同意議和。

鄭成功接到信後，一直拖延到同年五月間，才致書劉清泰，表示非三省不談和的條件。當然這條件是需要清廷仔細而費時考慮的，鄭成功也因此再一次達到了拖延時間以裕餉的目的。

同時，在這段時間內，鄭成功支持的張名振軍隊，於十二月初一日，大敗清軍於崇明的平沙洋，清兵步騎萬餘，無生還者，張乃溯江而上，復瓜州，觀兵儀眞，抵燕子磯，至京口，登金山，致祭明思宗而回，並駐兵崇明。劉清泰眼看這種情景，爲了保全自身，立即要求出兵消滅這些軍隊。可是，清廷卻怕影響和議，不敢採取軍事行動，只交付部議，研究對策。劉清泰也怕鄭成功以此爲藉口，使和議節外生枝，於是再寫信給鄭成功。指出鄭成功在情理勢諸方面的不是。從信上亦可知無論清朝政府中央，或是福建一省的大吏，他們都瞭解鄭成功的和議只是一種手段、一種策略，但是他們卻都不敢主動地跟鄭成功破裂和談，故只好百方遷就，甘心受鄭成功擺布。鄭成功智慧之高，運用之妙，於此可見一斑。

永曆八年六月，清廷已知鄭成功提出「必有三省方就和」的條件，於是由九卿大臣研議，認為採取「剿撫」並施的策略為宜。清廷乃一方面徵調大軍入閩，會同駐紮漳泉一帶的清兵準備進攻金廈；另一方面另派內院學士葉成格和理事官阿山為特使，繼續與鄭成功談和。為了使和議能順利成就，清廷接受了鄭芝龍的建議，加派其次子鄭世忠隨同南來，以便用兄弟之情來感動鄭成功，使其接受和議。這一行人於八月間到達福州，其時閩浙總督劉清泰以主持「撫局」無功，請假休息；總督一職另換他人。清軍也齊集閩海，大戰一觸即發，情勢相當嚴重，鄭成功面臨了和戰抉擇的時刻了。

清仍先派李德、周繼武等人往廈門通報鄭成功，並要鄭成功派員來福州談判。鄭成功不願對清廷如此恭順，又鑑於前次常壽寧等人的屈辱教訓，因此拒不遣人，只寫了一封便箋讓周繼武帶回。請葉成格、阿山來安平面議。

八月二十四日，葉成格等在萬般無奈下來到了泉州，又命周繼武到廈門傳話：

「不剃頭，不接詔；不剃頭亦不必相見。」結果被鄭成功叱咄一頓，雙方形成僵局。到九月初四日，鄭成功才差人到泉州，請葉、阿等人來安平談判。葉成格爲了使談判進行順利，乃在初七這天先派鄭世忠去勸說鄭成功。兄弟相見涕泣淚漣。鄭世忠以此次談判失敗，則全家難保，要求鄭成功勉強受詔。但是，鄭成功對清廷的陰謀早已洞悉，他以爲一旦接受滿清的招撫，則全家的未來更難逆料，拒絕了鄭世忠的說情，他的堅貞心志始終未被私情所軟化動搖。

同月十一日，鄭成功派人送鄭世忠回到泉州，覆報葉成格，並約期到安平會談。鄭成功向清使提出「先受詔而後議削髮事」的條件。爲了預防清兵背信突襲，鄭成功親自調派甘煇、萬禮、黃梧、周全斌等鎭及水師諸將，前往安平布置。列營數十里，旗幟飛揚，盔甲鮮明。並密布鍪黎角鹿，設伏據隘，好似鐵桶。這樣的布置，同時也可藉此炫耀自己軍力的強大。清使葉成格、阿山等人也於十七日到了安平，並帶隨從精騎數千，步兵萬餘。雙方都如臨大敵，漫山遍野都有軍隊駐紮，瞭哨四出，各相提防。會談前夕，可以說是氣氛極爲緊張。

鄭成功見清使已到安平，便請他們住宿報恩寺中，以便招待。葉成格等卻懷疑鄭成功有詐，懼怕不肯前往。談判就在互相猜忌之下勉強進行。鄭成功堅持先開詔書酌議，然後才談薙髮之事，清使則認爲非先薙髮不能談其他的事。雙方爭執了幾天，沒有結果。鄭成功又囑李德、黃徵明等傳話，約葉、阿於二十五日再見面確議，而清使則因爲鄭成功無意薙髮，所以在二十日就回返泉州了。

鄭成功見清使離安平北上，於是又差人隨同鄭世忠到泉州，催促葉成格等人表示意見。爲了在京城的父親，他不得不在表面上做得周到。所以另外準備了一份禮送清使，並寫了一封非常客氣的信給葉成格與阿山。他們兩人收信後，明知鄭成功無和談的誠意，但來信卻又非常客氣，也只好再回一信給鄭成功。表示最遲於二十五日以前必須作一決定性的答覆，這可說是給鄭成功的最後通牒了。

可是鄭成功並沒有立即給他回音，到二十四日，鄭世忠兄弟和周繼武、李德等人卻又被清使逼迫南來廈門，向鄭成功涕泣地懇求，希望鄭成功能接受和議，因爲這次葉成格等人如果不獲結果回京，他們的父親及族人都勢必不能保全。可是，薙髮就是變節投降，他不能爲一己私情，而置國家民族的大義不顧，所以只好犧牲家人，堅持自己的忠貞和心志。二十六日，鄭世忠等見無法挽回，於是辭別鄭成功。鄭成功爲對家族盡可能的力量，仍然派了史讜、鄭奇逢等人隨同鄭世忠到泉州，並再請葉成格等來安平訂議，不過這個時候，清使也瞭解鄭成功的態度，便逐回史讜等人，以示決絕。鄭成功聽到有關的報告以後，不覺笑著說：

「忽焉而來，忽焉而去，舉動乖張，但因一人在北，不得不暫作癡呆耳！」

鄭成功雖然講得輕鬆，但也可以體會出他忠孝不能兩全的苦痛了。

清使在和議不成，啓程返京以後，黃徵明求見鄭成功，請他賜一封回信，以便到京後好向鄭芝龍有所交代。由於黃徵明痛哭流涕，跪懇再三，鄭成功才寫了封信交黃徵明帶回。鄭成功知道清廷定會察看，所以措詞和內容都費盡心思；一方面要盡人子之孝，讓鄭芝龍對他有所諒解；另一方面則又要清廷知道和議的失敗是葉、阿等人的乖張橫暴，希望讓清廷認爲仍能再和談。但他在寫給弟弟鄭世忠的另一封信中，文字語氣則大不相同，可見鄭成功之與清和談只是策略的應用，完全是爲了應付清廷及保全其家人的緣故，爲了國家民族的大義，也爲了堅持讀書人的愛國情操，他也只有強忍父子兄弟生離死別的悲痛了。

這段時間，永曆帝駐蹕安龍所（今貴州盤縣）。西寧王李定國欲率師東下圍攻廣州，來信約會師。十月，乃大舉南下勤王。並設育胄館，以錄陣亡忠臣後裔，又設儲賢館，以考諸生之優行者晉用。十二月初二日，清漳州守將劉國軒獻城投降，鄭成功授他都督僉事，一時漳州屬邑皆服，因此鄭成功從漳屬一帶地方得到餉銀一百零八萬兩，可以說是大豐收了。

十一月十四日，鄭芝龍知道和議難成而漳州又爲鄭成功所得，便把黃徵明帶回來的信繳呈清廷。清廷經過四天的密議以後，認爲鄭成功無薙髮投誠之意，於是向皇帝建議，命令閩浙總督整頓軍營，固守汛界，以防鄭軍登岸，騷擾民生，遇有乘間上岸者，即時發兵撲滅。皇帝同意了這些辦法，於是清廷決定以武力來解決東南沿海的問題。

十二月十六日，清世祖就特命世子濟度爲定遠大將軍，會同多羅貝勒巴爾處渾、固山貝子吳達海、固山額眞噶達渾等人，統率滿清大軍入閩，征剿鄭成功。而鄭成功在這個月裡，又攻下了同安、南安、惠安、永春、安溪、德化等縣，泉屬地方助餉七十五萬多兩。鄭軍遂指興化。

永曆九年正月初五日，鄭成功攻克仙遊，兵威大振。四月，受延平王冊印，但行所屬仍以招討大將軍名義。五月，清世子濟度率滿漢大軍三萬人入閩，鄭成功爲了固守根據地，乃令福、泉、興化之兵，盡撤回漳。並令屬邑城廓全部夷爲平地，使清軍無城可恃，並且馬上在漳州演習三天，然後將漳州城拆毀。又將軍士們的眷屬遷到金門安頓，將漳州的軍隊撤到廈門，準備和清軍作一殊死之戰。七月，甘煇領兵十餘鎮入閩江口，克閩安、連江等處。八月，命黃廷克下揭陽、普寧、海澄。鄭成功則親自率領大軍到福州，可惜連攻不下，無功而返。

九月，清定遠大將軍濟度率兵抵泉州，仍希望鄭成功接受和議，寫信給鄭成功，以祖大壽和洪承疇二人爲例，說這二人原先都是抗敵主上的，可是得到清朝寬宥以後，都大大地被重用，而鄭成功的罪並不大，如能投降，清帝一定會大大地重用。可是，鄭成功卻冷冷地回信拒絕。濟度見鄭成功無意被撫，且又積極布防備戰，於是也進行船隻和渡海工具的準備，想一舉而攻克金廈。然而滿洲旗兵不善海戰，而且船隻的補給工作又費時，加上冬季海上風力強勁，因此這一次鄭清大海戰一直延到第二年四月間才爆發。

永曆九年二月，鄭成功承制設六官，十月北征舟山，與張名振、陳輝水師合攻，於是光復舟山，寧波北協副將張洪德亦降。十一月，定西侯張名振卒，乃命總制五軍戎政陳六御兼管水師前軍。十二月十三日，北征的軍隊回思明，並招降清台州副將馬信。四月十六日，清定遠大將軍濟度，命福州水師副將韓尙亮出泉州港，分三路進攻白沙、金門與思明。濟度則統率陸軍屯紮石井，進攻白沙城。鄭成功調遣水陸官軍布陣以待，命令林順等七鎭，領大熕船十四艘，前往圍頭，坐上風以待；又命令陳魁等四鎮，領大熕船十二艘，出泊遼羅，並由其兄鄭泰率舟師應援。再命萬禮等五鎮，帶船十艘，快哨十艘，巡哨高崎、潯尾及圭嶼一帶，以防海澄諸港。另外派南澳陳霸、銅山張進爲預備隊，隨時策應作戰。

雙方水師在泉州東南圍頭海上激戰，到了傍晚，風雨大作，清軍無法收泊，船隊被風打散，因而被毀三十餘艘，被俘十餘艘，遁回者不到十分之一，潰不成軍。海戰方面，鄭成功大獲全勝。

圍頭海戰後，鄭清雙方的形勢有了重大變化。鄭成功不僅保全了金、廈根據地，同時軍威大振，連續乘勝出兵閩北等地徵糧，準備北伐，以完成復明大業。清軍則在戰敗之餘，覺得鄭成功的兵力不是以武力一時而能解決的，「平海」的狂言不再提了，「征剿」的行動也被迫暫時停止。

於是清廷在六月間，想出一種「海禁」的辦法，使得若干與鄭成功有聯絡的人，從此不能再和鄭成功往來貿易及接濟糧物。清世祖下令浙江、福建、廣東、江南、山東、天津各督撫，凡沿海口岸，或築土壩、或設木柵，不許片帆入口。並嚴禁商民船隻私自出海，有將糧食貨物與鄭成功來往者，不論官民，統統殺頭，而當地的官員，若不盤查擒緝者，都革職，從重治罪。地方保甲，沒有盡心力檢舉的，也都要處死。

清世祖的海禁政策，實在夠陰毒。可是，鄭成功卻不斷地派軍突襲沿海各地徵糧，而沿海若干地區仍有不少忠貞分子與鄭成功聯絡，所以海禁的效果並不大，無法達到「廓清海氛」的目的。但是，清廷另採離間誘降的政策，卻有不少效果，如黃梧、蘇明、王元士等人都因此而背叛鄭成功，歸降清廷。

鄭成功在閩海一帶屢敗清兵，又於這年十一月親率軍隊在閩北三都澳等地徵收糧餉，清廷實在感到芒刺在背，於是又脅迫鄭芝龍差人來見鄭成功，要鄭成功接受清廷的和議。這次南下的是鄭氏家人謝表。結果鄭成功告訴謝表，若再替清朝議和，便立刻殺了他，嚇得謝表不敢再說。永曆十一年正月，謝表等人再來見鄭成功，請求鄭成功一定要接受和議，才能救活鄭芝龍等人。鄭成功不得已，親手寫了封信回給他的父親鄭芝龍。信上，鄭成功先談及他父親意志不堅，被清朝所騙，他自己當然不能再受滿清的欺騙。同時一再指責清廷的氣度褊狹及慣用手段；最後略談他的志節高超，不可欺侮，請父親寬諒。至於與清廷和議的問題，為了保全他的父親及家人的生命起見，鄭成功仍然留有餘地。從他信中觀察，鄭成功內心的痛苦與壓力是非常大的，可是他卻能始終以國家民族的大義為先，這實在是他偉大的地方。

謝表等人拿了這封信回去，和議也就從此告絕。清廷不久便將鄭芝龍一家人流徙到寧古塔，最後不但沒有考慮他的「投誠功績」，更以謀叛罪加以族誅。鄭芝龍的不忠不義，正是貳臣之最佳寫照。

六、援師北伐

鄭成功正忙於應付清廷和議的末期，大陸西南地區的反清勢力也起了變化，南明的局勢漸趨惡化，清兵已控制兩粵及滇貴之外圍，因此，永曆帝幾乎無能為力，一籌莫展，鄭成功與李定國在東西呼應的聲勢上也因而大為減弱。這種情況對於他的復明大業有極不利的影響。為了挽救西南的頹勢，鄭成功實有出兵北征的需要。

自永曆十年以來，鄭成功在閩浙一帶有相當大的進展，尤其是閩安一役，使福州大震，護國嶺一戰，清將阿格商陣亡，這些都足使清廷喪膽。可是和議破裂之後，清廷大舉入閩，因此，鄭成功為確保金廈基地，也有擴大戰區及遠征南京之必要。以求搗其心腹，使清廷不能併力南下。同時鄭成功也利用了談和的機會，真正達到了籌措糧食的目的，且自永曆八年擊敗清兵，九年再破仙遊，累積了相當豐富的實戰經驗，他有著與清軍作大規模正面戰鬥的充分信心。此外在內部的組織方面，明鄭也漸趨健全強大。由於上述的種種因素，鄭成功於是決心北征。希望能夠一舉攻破金陵，號召閩粵黔蜀等地的豪傑起來響應，那麼反清復明的事業就大有可為了。

鄭成功的北征計畫原定在永曆十年（順治十三年，西元一六五六年）夏天，這可從他和李定國來往的函件中窺知。當時，正是清世子濟度海戰敗績後不久，鄭成功於是乘戰勝的餘威北征，何況當時大陸西南抗清勢力正逢失利，北征正可以牽制清軍。但是，這次北征卻因黃梧等人降清而被迫臨時改變計畫。

當黃梧以海澄降清的消息傳來，鄭成功曾派甘煇等人率兵前往攻復，可惜清軍已先入城，甘煇等只好無功而回。而海澄城中所貯藏的二十五萬糧粟，以及軍器、衣甲、銃器與將領的私蓄，全部被清據有。所以海澄之失，對於鄭成功的北征計畫與行動影響極大。黃梧之降清，不但影響了軍事行動，也打擊了鄭成功的進取之心。幸好鄭成功很快地復元，別圖進取，對清廷採取攻擊報復，並且廣儲兵器軍糧，以圖再舉。

同年七月，鄭成功遣甘煇等人率師攻略閩安，進逼福州，大掠而回，這次獲勝足償海澄之失。鄭成功認爲閩安是「省之門戶」，所以命令建築城堡，以爲長久之計，他還親臨該地，相度形勢，並一再厚植力量。

永曆十一年，鄭成功特別允許與荷蘭通商，荷蘭人一年要向鄭成功繳餉五千兩，箭十萬枝，硫磺千擔。七月初十日，下令再度北征。這次出師，一帆風順，不及兩月，已先後攻克台州一帶縣邑，仙居、海門等地的清兵都紛紛投降。可惜，在九月初十日，清軍福建提督李率泰乘鄭成功北上，由水陸兩路夾攻閩安，鄭成功聞警趕回，但爲時已晚，閩安已告失陷。鄭成功的北征因此又被迫停止。

閩安雖然失敗，但他仍再接再厲，著手第三次的北征。永曆十二年五月間，他開始挑兵選將，整備船隻，重頒十條禁令，再度北征。六月中，招降了平陽、瑞安，進圍溫州。七月初紮舟山，準備進兵直搗南京。然而八月十日，軍隊卻在羊山遇風。迅雷電閃，雨大如注，天昏地暗，對面亦不相見。清軍乘機進擊，被生擒及投降的共九百餘名，溺死數千人，鄭成功本身則失去六妃嬪及二子、三子、五子，船隻損失當在百十艘左右。由於損失太慘重，所以鄭成功又被迫停止北征，他將全軍開往舟山修理船隻，並在沿海一帶奪船取糧，以補充力量。直到次年（永曆十三年，順治十六年，西元一六五九年）五月準備妥當，於是鄭成功統兵北征長江，以實現他多年的心願。

五月初四日，鄭成功到舟山烈港，傳令聽議進取長江事宜。十五日，通令以紅白二旗爲進兵和收兵的信號。十九日，移泊吳淞口，清軍提督馬進寶有反正來歸之意，於是差人聯絡，密約合兵。可惜沒有成功。二十三日，至永勝州，紮營操練，重申約法，嚴禁擾民。二十七日，軍中糧食不足，於是到順江洲，在泰興縣地方取糧補給。

二十九日，浙海義軍陳文達率船二百餘艘來歸，鄭成功任命他爲指揮嚮導使。

六月初一日，攻江陰不下，鄭成功以爲即使攻下江陰，也沒有太大價值，於是再西進到焦山。不久，發生「瓜州之戰」。

瓜州在江蘇省江都縣南四十里處，南鄰長江，與隔江的江蘇省城鎮江同爲南京的門戶。由於是兵家重鎮，清廷除駐重兵外，並設有種種軍事設施。鄭成功也知道清軍有「滾江龍」、「滿洲木城」等江防武器，又有譚家洲砲台與瓜州柳堤砲台對擊，不容易進攻。但是，瓜州是長江咽喉，非拿下不可，而且要光復金陵，必以瓜州、鎮江爲先。於是，鄭成功先把所部水陸各軍分爲三路：一路命張亮督善泅水的盪舟，斬斷滾江龍，以清除江心中的障礙；一路令程應璠指揮，分取譚家洲大砲。並命張煌言等譚家洲放砲，以便鄭軍的右提督、前鋒、中衝等鎮登岸殺敵。另一路則由鄭成功親自率領，直取瓜州。鄭成功對這三路官兵訓勉說：

此番孤軍深入重地，當於死中求生，勝此一陣，直克其城，則破竹之勢成，功名富貴近之矣！進生退死，本藩當身先陷陣，以為爾率，爾等其勉之。

十六日五鼓進飯，辰時起兵。這天天氣明亮，東南風盛發，鄭軍水陸並進。在瓜州防守的清軍聞警以後，由守將朱衣佐同游擊左雲龍率滿漢兵數千，屯紮城外迎戰。兩軍隔一小港對峙，等到張亮的水師暫斷滾江龍，揚帆對擊兩岸時，鄭成功也跟著揮兵大進。周全斌統領的右武衛軍乃直衝敵陣，斬左雲龍於大來橋下。加上楊富等諸軍齊心直迫，清軍戰敗入城。不久鄭成功部下韓英、楊祖等以藤牌護身，首先登梯入城樹旗，瓜州遂於當天巳時被鄭成功攻克。正午時分，馬信等攻奪譚家洲大砲，張煌言也奪滿洲木城三座，瓜州及其外圍的防禦力量至此全告瓦解。未時，鄭成功下令安民並與部將討論守城事宜，瓜州之戰，至此結束。

瓜州雖然被鄭軍攻下，但部分清兵水師退入蕪湖。為了免受牽制，聲取南都以分清軍之援兵，於是，鄭成功於十七日，命令張煌言及楊朝棟等直搗蕪湖，牽殺清兵。是日，祭天地神祇，又祭太祖高皇帝，一軍皆素，舉哀，三軍陪哭，聲聞百里。揚州、儀眞、鎮江兩岸官民聽了，無不掩面同哭。十八日，下令開船。十九日，停泊鎮江南岸的七里港地方，準備進攻鎮江省城，「鎮江之戰」於是爆發。

鎮江在長江南岸，古稱潤州，一稱鐵甕，是長江下游的重鎮。在軍事上的地位，更甚於瓜州。

鎮守鎮江的知府戴可進、副將高謙，眼看鄭軍洶湧而來，乃向南京告急，於是江寧巡撫蔣國柱、提督管效忠率兵來援，另有從常州、無錫、江陰等地來援的軍隊，共約馬步兵一萬多人，列陣以待。二十二日，鄭成功設壘於銀山，可俯瞰鎮江城內。不久，清軍管效忠分五路衝來，鄭成功督周全斌、陳魁迎戰。大敗清軍，追殺十數里，管效忠僅以單騎遁回南京城中。

鎮江之戰，周全斌的戰功特別大，他率兵直衝清軍，以長繩為界設於陣後，有兵退至繩者斬，於是他的部下無不奮勇爭先，大敗清兵。

另外，陳魁所率的「鐵人」，更出盡了鋒頭。此次北征，鄭成功的「鐵人」大約是五千到一萬之間。這種「皆戴鐵面，著鐵裙，佩斬馬大刀，並載弓箭」的部隊，是鄭成功在護國嶺殺敗阿格商時，看到清軍衣甲全身披鐵之後加以改良的。在鎮江的銀山之役，鄭成功就是利用這支部隊大敗清軍。

二十三日，鄭成功一面傳令派兵圍城，一方面派人進城招降。清鎮江副將高謙率知府戴可進等人到銀山向鄭成功投降。鎮江之戰於是結束。是日，士兵夾道觀看漢官威儀，鄭成功登峴山招待兵士，授行營兵都事李胤為鎮江府知，以武衛右鎮周全斌鎮其地。

二十五日，取句容、儀眞。各地紛紛送來糧餉，以示效忠。揚州道高光夔等俱驚遁；官吏都以羊酒相迎。張煌言另命協理五軍戎政楊朝棟、兵部主事袁起震、徐長春分撫大江南北。張煌言溯流西上，舟師所至，士民莫不瓣香以迎。鄭軍軍紀嚴明，沿江貿易，小艇如織。二十八日，鄭成功集合所有將領，討論攻取南京。

七月初一日，清廷聞瓜州、鎭江失守，南北震動，立刻命內大臣達素爲安南將軍，統兵二十萬南下。是日，張煌言攻下江浦。初二日，攻下六合、天長。初三日，清太平府守將劉世賢以城歸降。初四日，水師溯江以向南京。南京之戰一觸即發。

當六月二十八日議取南京時，提督甘煇以爲兵貴神速，應乘勝而進，並主張由陸路晝夜兼程而往，以爭取時間。且因爲當時風信不順，若由水道，必拖延時日。清兵有了準備，攻城就得多費一番功夫。可是其他將官也有認爲在炎暑酷熱時陸地行軍，實不習慣；而且當時多雨，溝河難過，所以由水路去南京爲宜。鄭成功同意了後者的建議。

七月初四日出發。初七日，抵南京城外北面三門中最西的觀音門，由於南京一帶江面清軍船隻仍多，所以鄭成功在第二天即以黃安統領水師，泊三汊河口，堵禦清兵，並爲必要時的救援隊。陸上則由鄭成功親自督率，並重申軍令，嚴禁搶劫姦淫。

初七日，蕪湖降。這期間，先後來降者，一共有四府三州二十三縣，軍威之盛，到達了空前未有的地步。

初九日，各官兵船隻進逼鳳儀門下，鄭成功則親督各提督統領踏勘地勢。初十日，鄭成功命令各官兵就鳳儀門登岸，紮營獅子山一帶，至此可說完成了進攻南京的初步準備工作，是日並獲清人漕米萬石。十一日，有情報說：南京守城官兵有憂畏之情，南都危如累卵，官員們正十萬火急地向清廷奏請救援。鄭成功聽了非常高興，認爲「南都必降矣」，於是命令發書招降，以箭射進城中，而南京提督管效忠也將計就計地派人往謁鄭成功，以爲緩兵之計。他說：大師到此，本來應該開門請進，可是朝廷有規定，守城超過三十天，城失陷後，政府不會懲罰妻子兒女，今各官眷屬都在北京，請能寬允三十天，到時當開門投降。

鄭成功爲了避免南京城內的官兵眷屬被殺，信以爲眞，未即攻城。戶官潘賡鍾向鄭成功說：此緩兵之計，不可憑信，可速攻之。可惜鄭成功不聽。只在南京城外部署一番而已。

清軍由於安南將軍達素的援軍未到，因此，江南總督郎廷佐採取堅壁清野的策略，將城外房屋全部拆毀，近城十里的居民全部入城。而且命軍士詭裝百姓，載柴酒米肉，每天與江上的船隻做貿易，以觀察鄭軍的行動。到七月十六日，更主動地發動一次試探性的戰爭，使鄭軍小勝。此次獲勝的前鋒鎮統領余新，戰後沾沾自喜，以為清兵已被殺敗，必不敢再來，而其部下也輕敵無備，埋下了後來失敗的基本原因。

十七日，甘煇向鄭成功說：軍隊久屯城下，師老無功，恐怕清兵援軍一到，定要多費一番工夫。因此建議鄭成功儘速攻城。但是，鄭成功仍然沒有同意甘煇的請求。他以為攻城掠邑，殺傷必多，而南京孤城援絕，沒有不降的道理。他想保全實力，免得損失犧牲，希望南京也能像鎮江一樣，獻城來降。

從十八日到二十日，前來歸順鄭成功的有池州府、上元縣、溧陽縣；江西九江等處也有因南京被圍而起義響應的。情況似乎對鄭成功相當有利，因此鄭成功也就不急於發動進攻，而採取等待與觀望的態度。事實上，南京城裡的清兵，一天比一天增多，有從安慶、徽州等地調入的，也有從杭州調來的，防守的力量增強了許多。而蘇松水師總兵也親率馬步官兵三千多人到南京，並暗中窺視鄭軍的行動。

二十一日夜三更時分，清水師總兵梁化鳳挖開城門。天色未明，他就率領騎兵五百而出。懂得軍機變通的余新，由於輕敵，也因沒有想到清軍的側面突擊，終於戰敗被擒。設在路頭塞斷處的三重大砲，也被清兵鳳儀門的抬砲擊碎。

二十二日夜晚，甘煇、林勝等人，勸告鄭成功暫時收兵，先撤到觀音門，相機以圖再舉。可是鄭成功不聽，卻要調動陣營，集中兵力於觀音山一帶，企圖與清軍一決雌雄。就在連夜移營之時，清軍又制先機，發動攻擊。結果張英陣亡，甘煇受傷，逃至江邊馬躓被俘就義，林勝、陳魁則戰死山下，萬禮也在大橋頭被俘，可以說勇將全損，一敗塗地。

二十三日晚，鄭成功見大勢已去，乃傳令回師鎮江，別作良圖。

二十四日退到鎮江，會合逃回的遺失部屬數萬人。乃重新整編，並任命若干新官佐，以補陣亡或失蹤官員的缺額。同時，在上游策應的兵部左侍郎張煌言，剛接受徽州之降，聽說南京兵敗，急返蕪湖，並派遣一個和尚間道送信給鄭成功，希望鄭成功不必急於離開長江，因爲天下民心歸順，而上游諸郡也仍在掌握之中，天下事尙有可圖。可是鄭成功已離開鎮江東走，因此信沒有送達。

此外，二十八日棄鎮江、瓜州東下時，有一個鎮江書生羅子木，見大船過焦山，跑來哭諫鄭成功，他說：軍隊還有好幾萬，何必因爲一場小敗而辜負了天下人的期望呢？清軍剛戰勝，必定鬆懈，轉頭再戰，南京必可攻破。可是，鄭成功仍不加考慮，決心南歸。

八月初一日，鄭軍回到狼山。初四日，泊吳淞港。派蔡政往見蘇松提督馬進寶，談進京議和的事。馬進寶立刻上疏清廷。初八日抵達崇明，鄭成功集合諸將商議說：我們雖然受到挫敗，但全軍存在。我想攻占崇明縣來作爲根據地，然後再圖進取。一則逼其和局速成，二則採訪甘提督等諸將生死信息，三則使滿清知道我軍雖敗，還能全力攻城，就不敢南下攻擊我們了。大家都同意鄭成功的建議。於是爆發了崇明之役。

初十日，鄭成功傳令軍隊登岸紮營，並派定各營鎮攻城的方位與有關的部署，準備進攻。十一日早上辰時，向城中開砲，開始進攻。西北角城崩下數尺，河溝塡滿，鄭成功親自督師登城。可是守將梁化鳳死守不退，因此無法攻克全城。當時正兵鎮的韓英奮勇登梯上城，結果左腿被銃擊傷，跌落城下。監督王起俸也中銃傷而退，鄭成功看如此堅固難攻，只好下令收兵，停止攻擊。不久韓英、王起俸都因傷勢惡化而相繼去世，周全斌等建議鄭成功暫回舊基地休養，再號召精銳，等明年再進長江，以圖大舉。鄭成功也覺得崇明防禦太堅強，官兵創傷之餘，已無意戀戰，而攻得此一孤島，對大局也無甚利益。因此鄭成功接受了周全斌的勸阻，傳令班師。

鄭成功北征雖然失敗，但其部衆的英勇作戰能力與犧牲奮鬥的精神，仍然値得一提。例如瓜州之役，清軍的砲火雖然造成鄭軍「骨飛肉舞」，但鄭軍水師仍能斬斷滾江龍，摧毀木城；而鎮江之戰，「鐵人」部隊冒死而進，周全斌負傷督師，終得銀山之捷；南京城外的交戰更是壯烈絕倫，甘煇戰到身中三十餘矢，「勇銳多投江而死」不肯投降，他們的英勇精神誠足以驚天地而泣鬼神了。就連管效忠也不禁說：

吾自滿洲入中國，身經十七戰，未有此一陣死戰者。

梁化鳳也讚嘆說：

當勁敵多矣，未有鄭家之難敗者。

鄭成功於九月初七日回到廈門，上表行在，以敗軍向永曆帝請罪，因道路不通無法傳達。十月，援剿後鎮劉猷，措餉溫州，清兵來犯，力戰而死。十二月，清廷以寧南將軍內大臣達素犯廈門，鄭成功於是集合各營鎮回廈門備戰。

永曆十四年（順治十七年，西元一六六〇年）三月，達素抵泉州，會清閩浙總督李率泰、寧海將軍郎賽及馬得功、沈永忠、黃梧、施琅等就泉、漳各港準備船隻。李率泰檄粵督李棲鳳及饒平吳六奇、碣石蘇利，南洋許龍以舟師來會。鄭成功則嚴陣以待。是月，李率泰遣張應熊持孔雀膽來，欲毒殺鄭成功。張應熊是鄭成功庖人張德之族兄。約張德於鄭成功會諸將時，置於酒食中；後來事發，張應熊遁走，張德被殺。

四月初三日，徙宗室、耆老及文武官眷於金門。二十四日，頒水師攻戰要領。命鄭泰將頭圍水師盡調金門護眷，並防廣東舟師來襲。二十六日，清軍水師二百餘自泉州港出祥芝澳，雙方遂發生大海戰。

五月初十日，鄭成功與達素、施琅等戰，清軍大敗，遺屍遍海。達素率殘兵奔福州，不久自殺。一直到鄭成功去世，清軍不敢再侵犯廈門。

七、橫海東征

荷蘭人於天啓四年抵達台灣西海岸，以十五匹康甘布（Cangan）向先住民換取台江對岸的赤崁，並以遜克爲荷蘭駐台灣的第一任總督。天啓六年，西班牙亦從菲律賓取道台灣東海岸北上，占領基隆港外的社寮島。於是，荷蘭和西班牙，分別占領了台灣南、北部的局部地區。

荷蘭人剛占據台灣的初期，所控制的地方只限於熱蘭遮城附近與今台南西海岸一帶。後來透過所建立的小軍事據點，逐漸擴張其在台灣西部及北部海岸的控制範圍。西元一六四一年，荷蘭人以優勢的艦隊，一舉將西班牙勢力逐出台灣，到了西元一六五〇年底，他們已建立了二十五個這類據點，在台灣實行殖民統治。

台灣本是鄭芝龍經營的故土，鄭芝龍受明招撫後，力量更爲強大，壟斷閩海貿易，即使荷蘭人也必須萬事服從，否則就無法貿易。而鄭芝龍的餘黨留在台灣的仍然不少，所以，鄭氏在台仍有勢力存在。因此，鄭成功在東征前雖未到過台灣，但其軍中也不乏當年追隨鄭芝龍出入台灣的舊將故吏，透過這些人的傳述，鄭成功對於台灣的情形應該有相當的瞭解。

所以，當永曆十三年（順治十六年，西元一六五九年）鄭成功北伐失敗後，他自知以金、廈兩島，難擋清人天下之兵，何況在鄭成功心中的台灣是土厚泉甘，沃野千里，田園萬頃，餉稅數十萬的地方，這是相當吸引鄭成功的。同時，鄭成功及其部將對於在台荷人的虛實也相當瞭解，對於攻取台灣始終抱有必勝的信心，所以他一再對部將強調，攻取台灣唾手可得。恰好這年，何斌替鄭氏在台徵稅事了，乃持台灣地圖見鄭成功，並請鄭成功取為「根本之地」。因此，在台荷人多次聽到鄭軍攻台的謠言，緊張得寫信向鄭成功查探虛實。本來鄭成功於當年十二月，已決議派黃廷、鄭泰率兵征台灣，以安頓將領官兵家眷。但又正逢金廈海戰，故征台之事，只好暫延。

鄭成功為什麼要取台灣呢？第一，鄭成功於金陵兵敗，損兵折將之餘，環顧左右，頗感蕭然。且形勢日蹙，孤軍廈門，實難抗滿清天下之兵；第二，永曆十四年（西元一六六〇年）廈門之戰，雖然大敗清將達素及總督李率泰等，但清軍船隻損失不多，兵員犧牲也不大，所以清兵有隨時大舉再犯的可能；第三，清將黃梧，又建議無風時出小舟以環攻鄭軍之戰術，頗使鄭軍疲於奔命；第四，永曆帝蒙塵西南，聲問不通，大陸之經略，一時陷於停頓，鄭成功志氣雖未嘗稍挫，但亦知進取不易。由於這些因素，鄭成功乃有戰略轉進，另拓基地的打算，而此一新基地，又非台灣莫屬。從地理上觀察，台灣與廈門，僅中隔一海峽，緩急足以相應；且台灣又係鄭氏舊業，自荷蘭占據後，日漸開闢，如取之以爲根本之地，一方面可以安頓將領家眷，另方面可以建金廈而撫諸島，然後以此廣通外國，訓練士卒，進則可戰，退則可守。所以，鄭成功決意驅逐紅毛，光復台灣，在軍事與經濟上先立於不敗之地，再以此地生聚教訓，培養戰力，以之繼續對清作戰，伺機反攻。

鄭成功爲了東征台灣事，先後召開了兩次最高軍事決策會議。第一次在永曆十四年（順治十七年，西元一六六〇年）六月，剛好在擊敗清將達素後不久，鄭成功將他想要奪取台灣的意思說了出來。但是，宣毅後鎮吳豪反對。吳豪曾到過台灣，對於台灣及荷蘭在台的設防，是鄭軍中最權威的人，稱得上是「荷蘭通」。由於吳豪的反對，以及奉派日本借兵的事失敗，所以沒有具體的結論。第二次是在本年之後，即永曆十五年（順治十八年，西元一六六一年）正月，這時各處糧米已先後運到，荷蘭派來援助台灣的軍隊又已撤回巴達維亞。鄭成功見時機成熟，乃再度大會文武官員密議，主張收復台灣「以爲根本之地」。

鄭成功舊話重提，大家雖然不敢違抗，但臉上都有爲難的表情。去過台灣的吳豪，一直以荷蘭人的砲台很厲害，台灣海峽的水路很危險，又認為台灣的風水不佳，水土多病等表示應多加考慮。相反的，生長在內地的建威伯馬信則極力贊同。他說：

蜀有高山峻嶺，尚可攀藤而上，捲氈而下；吳有鐵纜橫江，尚可用火燒斷。紅毛雖桀黠，布置周密，豈別無計可破？

因此建議：

統一旅前往探望，倘可進取，則併力而攻，如果利害，再作相商，亦未為晚。

鄭成功聽了以為不失為「因時制宜，見機而動」之論。但吳豪仍然繼續反對，諸將因此議論不一，陷入僵局。

最後，陳永華提出了既能顧全大局，又不損雙方面子的折衷看法，他說：

凡事必先盡人事，而後聽之天……試行之以盡人力，悉在藩主裁之。

戎政楊朝棟也主張征台之議可行。有了這些響應支持的意見，鄭成功非常高興地說：

朝棟之言，可破千古疑惑。

立刻命令禮官擇日，命鄭經監守各島，決定自己親征台灣。取台灣之議由此定案。

鄭成功的東征台灣，除了遭到部將反對外，同樣沒有得到在反清復明同一陣線人的諒解。他們誤以爲鄭成功要以台灣作爲藏身之所，將放棄和滿清的抗爭，只求自保而已，如此將會使恢復明室的希望更爲渺茫。

持這種見解的，可以浙中義師首領張煌言（蒼水）爲代表。他派幕客羅子木送了一封信趕到鄭成功軍前，想勸阻他東征之行。這封信情詞懇切，宛轉動聽，讀之令人動容。張煌言另外還寫信給當時寄居在廈門的遺老，如王司馬忠孝、沈御史佺期、徐中丞孚遠，請他們一同設法勸鄭成功另圖進取。他還作了很多詩，反對鄭成功的渡海東征，其中最有名的一句是：「中原方逐鹿，何暇問虹梁？」讀來悲壯蒼涼，令人酸鼻。

張煌言等人的反對，乃對台灣缺少認識，以爲台灣是不毛之地，不足以擔當經略中原的大任。另外，他們更擔心鄭成功一旦光復台灣之後，放棄了反清復明的努力。有這種想法的，不僅是張煌言一人而已。可見鄭成功的東征復台，事前遭到多大的反對及壓力，事後又有諸多的困擾。鄭成功處境之艱難，創大業之不易，設非魄力超絕，眼光特別遠大，如何能一一加以克服。

鄭成功東征是一項有計畫的謹慎行動，曾作了相當長時間的準備。最少有三件事可以作爲例子：

一、何斌的內應：

何斌原是荷人的通事，他在鄭氏的驅荷運動中扮演了極爲重要的角色。從密徵商稅，偵察鹿耳門水道到獻圖，乃至作爲登陸的嚮導，在在說明他跟鄭氏關係非比尋常，而且似乎經過一段長時間的布置。

二、外交的運用：

鄭成功與日本的淵源很深，日本對他也有一特殊的情感。所以，在他從事反清復明運動期間，曾先後向日本通好乞師，時在日本第三代將軍德川家光（西元一六二三～一六五一年），第四代將軍德川家綱（西元一六五九～一六七九年）握政之時。當時鄭成功所重視的，除了日本的軍事援助外，最重要的是經濟方面。

鄭成功曾在永曆二年（西元一六四八年）、永曆五年（西元一六五一年）、永曆十二年（西元一六五八年）向日本乞師，但沒有成功，不過得到日本武器方面的幫助。他就曾經利用日本的「甲冑」來組織「鐵人」部隊，又以日本的「鐵砲」來組織「倭銃隊」。

與東征台灣有直接關係的一次乞師，也是他最後一次向日本借兵，時在永曆十四年七月。鄭成功命兵官張光啓到日本借兵，一起去的還有應日本邀請的黃蘗寺僧隱元及其徒五十人。至十一月回來。這次德川家綱不肯借兵，但助銅熕、鹿銃、盔甲、倭刀等物。

三、軍事準備：

鄭軍的特色是以水師見長，渡海東征，更非有強大的水師無法完成。永曆十五年正月，鄭成功駐兵廈門，下令大修船隻，以爲出征做準備。這項修葺工作，前後歷時數月始告完成，可見工程之艱鉅。除了修船外，其他兵器的整頓及糧餉的籌辦，更是積極進行。

荷蘭人是很機警的。當鄭成功積極準備東征台灣時，台灣的荷蘭當局，也採取種種措施，嚴加戒備。

一六五六年，當時的台灣太守揆一，更大事改革，增設砲壘，加強防務。永曆十三年（西元一六五九年）秋，鄭成功兵敗江南後，謠傳鄭氏將進襲台灣的風聲突然緊張起來，使得揆一及荷人感到極度困擾與不安。揆一乃再三向公司總督報告，請速派艦增防，以防萬一。但揆一的報告，反受新公司長官的譏責，而致貽誤戎機。

不過在台的荷蘭當局，根據各項情報、謠言及所有狀況，判斷鄭成功一定會侵襲台灣，因此也採取了兩項應變的措施：

一、積極備戰：

於各個堡寨內充分配置兵士、軍火及其他作戰物資。議會延期到下年再開；並發布命令，禁止任何漢人在普羅民遮堡內販賣軍火，並將華籍長老及其他若干具有名望的人士拘禁在堡內作爲人質，俾使他們無法接近鄭氏或發動任何騷亂。又封鎖了對中國的輸出貿易，不使船舶落入鄭氏手中，也不使鄭氏有任何機會可以探查台灣的實況。

二、馳函巴達維亞求援：

三月十日荷蘭當局遣船，攜帶求救信送給巴達維亞總督及印度評議會，將國姓爺備戰的消息通知他們。

揆一太守除了採取上述的對抗措施外，又禁止穀米出口，拆除城寨周圍的人家，並強迫已經服役期滿的兵士再行服役。同時，又向巴達維亞請求送來巨量的火藥和船舶。局勢可說緊張到了極點。

同年七月十六日，公司應揆一太守的緊急請求，乃派遣萬得來恩（Ian Van der Lean）爲艦隊司令，率奧爾甘號旗艦及十一艘戰艦，載兵六百名，由巴達維亞來援，計議先赴台灣，假使台灣無戰事，即以之遠征澳門。這是由於公司財政有了困難，所以，若沒有戰爭，則爲了彌補這一趟的虧損，就取償於澳門了。

該艦隊延至九月始抵台灣。艦隊司令萬得來恩始終不相信鄭軍有力可以攻台，甚至認爲華人好爲大話，狡詐百出，絕無其事。萬得來恩久待不見鄭軍來攻，且新到的六百名荷兵，患瘴疫者達二百五十名，遂想帶軍去攻澳門，但被揆一暨各幕僚所勸阻。

於是萬得來恩聽從屬下的建議，遣使渡廈，假東印度總督名義致書國姓爺徵求意見，順探鄭軍虛實。

鄭成功接讀來書後，一方面禮待荷蘭使者，並於十月十九日覆書揆一太守，除申述過去之友好關係外，並否認有進攻台灣之意圖。

荷使歸見揆一太守，備述廈門之情況，並言國姓爺之切望與公司友善，而於征戰之準備，則無從察覺云云。萬得來恩乃堅決主張攻擊澳門，以便一舉而發大財。從此，揆一與萬得來恩時生爭執，互揭短處，幾至難以收拾。最後萬得來恩留下赫士亞號、鄂禮維蘭洛二艦，以及列威茵克號運輸船與瑪利亞號快艇於台灣，於永曆十五年二月親率奧爾甘號及念岳斯號二巨艦，載其部屬悻悻然拔錨離台。荷蘭艦隊既撤，熱蘭遮城內兵備頓形減弱，遂予鄭成功可乘之機。

鄭成功征台之議既定，除下令大修船隻隨時聽候出征外，並作了一番軍事布置，以防清兵來襲，並令陳永華、馮錫範、陳繩武、黃廷、洪旭等文武各官，共輔世子鄭經居守廈門，調度各島。其時軍心惶惶，兵士多以放洋爲慮，想逃亡的人不少，鄭成功不得不委派英兵鎮陳瑞負責搜捕之責，逃亡的風氣才沒有蔓延開來。

永曆十五年（西元一六六一年）三月一日，鄭成功率領軍隊駐紮金門，祭江興師。

然後率文武官親軍武衛周全斌、何義、陳蟒、提督馬信、鎮將楊富、蕭拱宸、黃昭、陳澤、吳豪、林瑞、張志等爲首程先發，游擊洪暄引港，其餘各鎮，衛爲二程，各船隻俱開到料羅灣，候風待發，總兵力約二萬五千人。

三月二十三日午刻，晴空萬里，海波如鏡，鄭成功下令啓航，以四百艨艟，載此二萬五千官兵，艦隊首尾長十餘里，浩浩蕩蕩啓碇放洋，其中周全斌所統率的七千戎旗兵，皆穿金龍甲，軍威甚盛。

二十四日未刻，大軍抵澎湖，鄭成功親率勇衛駐營內嶼，令各鎮衛分駐各嶼。二十六日，他親率文武官兵祭禱海岳，並巡視附近島嶼，向諸將表示：「台灣若得，則此爲門戶保障。」因此命陳廣、楊祖、林福、張在等帶兵三千，留船十二艘守澎湖。

二十七日，大軍開駕，但到柑桔嶼被颱風所阻，只好回泊蒔內澳。因何斌以前曾說，幾天之內即可到台灣，糧米不缺，故這時官兵多未帶行糧，發生缺糧的問題。鄭成功立刻令游擊洪暄、戶都事楊英，就澎湖三十六個島上找糧食，由於澎湖多沙地，各島並無田園可種禾稻，所以只徵集到百餘擔的番薯、大麥和黍稷，不夠全軍一餐之用。鄭成功一來擔心缺糧，一來恐北風無期，遂決定冒風濤進軍，並傳令於三十晚開駕。

這時風浪未停，又陰霧迷濛，確非行軍的時刻，主管中軍船的蔡翼和陳廣，只得跪請，等風雨稍微小一點，再行出發。但是鄭成功堅持說：

「冰堅可渡，天意有在。天意若付我平定台灣，今晚開駕後，自然風恬浪靜矣。不然，官兵豈堪坐困斷島受餓也？」

是晚一更後，中軍艦豎起帥旗，傳令開駕。命令一下，發砲三聲，於金鼓震天之際，舟師猛向東進。出發時，風雨稍歇，但波浪未息，汪洋澎湃，驚險萬分。到了三更後，忽然雲收雨散，天氣晴朗，艦隊乃得順風駕駛。

永曆十五年（西元一六六一年）四月一日黎明，鄭成功所乘帥艦已至台江外沙線附近。這裡已靠近台江的北口，北口就是鹿耳門港；另一個叫南口，南口狹而深，大船可自由出入，比較靠近熱蘭遮城，自一六三〇年以來，荷蘭人就嚴密地防守這一港道。但北口廣而淺，海底多沙汕，船一碰觸立即破掉，所以荷人認爲是天然的防禦，不設防，也沒駐兵。

鄭成功下令放哨船由鹿耳門進入，以竹篙探測水深，無奈水淺無法前進，鄭成功乃命設香案，冠帶叩祝，祈神垂憐，助他潮水，使三軍從容登陸，否則就發起狂風怒濤，讓鄭軍全軍覆沒云云。祝畢，忽然潮水驟漲丈餘，如有神助，大船於是順利進入，登陸鹿耳門。

鄭成功這一幕表演得太精彩了。其實他早就知道漲潮時間，此舉不過假借天意以安定鼓舞軍心罷了。

鄭成功大軍既入鹿耳門，遂乘漲潮急進台江，主力朝赤崁的普羅民遮城推進，另分一路人以宣毅前鎮提督陳澤率銃船隊，從鹿耳門登陸扼守北線尾，以斷荷船之來援；另一部分迂迴台江南端，以截擊向南遁逃之荷船。

當四月初一日清晨，熱蘭遮城上的荷蘭哨兵以望遠鏡看見海上有許多中國船隻乘風而來，就立刻向揆一太守報告。揆一一聽，即率各幕僚登城，持望遠鏡遙望，見無數船隻旌旗飄揚，蔽海而來。揆一初時仍歡笑自若，不以為意，不久，見首船轉頭向北而上，忽而朝東，忽而轉北，從者悉依首船而行，完全不從城邊經過；正在此時，忽聞金鼓齊鳴，喊聲震天，揆一頗為驚慌，對左右荷將說：「真奇怪，鹿耳門港淤淺很久，中國船如今怎麼能飛渡？」急忙命主砲發砲攻擊，但相距太遠，火力不及，另一方面急遣兵艦阻止鄭軍。當時荷蘭兵艦只有赫士亞及鄂禮維蘭洛兩艘，另有運輸貨船列威茵克暨小快艇瑪利亞號。揆一急遣上校隊長彼得爾選精銳荷兵二百五十人，駕船急渡北線尾，以截擊虎衛銃船隊之登陸；另派上校阿爾多普率兵二百人駕砲艦，從三鯤身狙擊入台江的鄭軍先鋒艦隊，雙方乃在台江爆發一場大戰。雙方調兵遣將，熱蘭遮城上連發火砲，掩護荷蘭水陸軍作戰。當時的海戰，荷蘭人這樣地記錄：

這些船（指荷船）向鹿耳門海上開去，盡可能地靠近岸邊，軍士們都急欲攻擊敵人的木船。敵人乘他們船中最大最堅固者約六十艘迫近。每艘船都有兩門砲，他們先發砲轟擊。我們最大最強的赫士亞號立還以顏色。它最初的幾發大砲就使敵人的木船受了很大的損害，其中的一艘或兩艘失去活動力，其他的船隻則被我們窮追，可是敵人也不示弱，並不因此損失而退卻，反而用最強的五、六艘木船更勇猛地進攻，好像許多老鼠包圍一隻狗的屍體似的。因此，我們的船更加謹慎，離開海岸，以免在風向和潮流變更時被沖到岸邊去。行動也更為自由，不容易為敵人所包圍。可是敵人卻以為我們的船隻逃走了，就以全艦隊追來，互相爭先。然而我們的船艦，已經到了深水上，而且風向和潮流都很順適，在敵船中間曲折穿過了兩三次，不停地發砲，使敵人的艦隊受了重大的損失，不敢再太接近我們的船隻，而只用兩艘較大的木船靠近鄂禮維蘭洛號及圍攻赫土亞號。

赫土亞號急欲逃走，不停地發砲，以濃煙圍繞了自己和敵人，以致從城上望去不辨敵我。忽然發生了非常猛烈的爆炸，城上的窗門都為之震動。濃煙消散之後，再也看不見赫土亞號和在它近旁的中國木船的形跡了。後來才明白：這些船和船上的人，都是被赫土亞號裡面的炸藥炸毀了。這是被中國人所撈起的唯一生存者透露得知的。敵人為我方所受的損害所鼓舞，用所有木船圍攻列威茵克號的尾部，又扣住其他兩艘，一直到五對或六對船互相搭造成一條橋。然後敵人的司令官驅使他的兵士帶著劍從木船的尾部到船頭上去，以接替被打死的人。他們蜂擁地爬上鄂禮維蘭洛號。然而這艘船上的水兵勇敢地把他們打退，將繫著木船和他們船的船索都割斷了。然後他們用砲手室後面的砲及餐廳裡的砲猛轟中國人，並用手榴彈投擲他們。後來據敵人說，他們死傷了千名以上。

中國人三、四次以著火的木船靠近鄂禮維蘭洛號，想用火燒毀它，可是我們的水兵每次都能用大砲和長桿子隔開它們，其中只有一艘，用鐵鍊固結在鄂禮維蘭洛號的船首上，使火延燒過來，幸好水兵們的動作敏捷，立即將火滅了，把著火的船衝開去。於是中國人再也無法奪取這艘船，而停止了攻擊。

這場海戰實在是驚天地而泣鬼神。荷蘭的兩艘主力艦，一被炸沈，一遭重傷，其餘均負創而逃。鄭氏能以木船對抗西洋的船堅砲利而能獲勝，除了旺盛的士氣及不怕死的精神外，戰略也是很重要的因素。

在陸地方面，登陸北線尾的宣毅前鎮陳澤所部銃船隊四千人，亦與上校隊長彼得爾所率的荷軍發生激戰。結果，彼得爾陣亡，四分之三戰死，逃回熱蘭遮城者寥寥無幾。兩個時辰左右，荷蘭水陸軍均被一鼓殲滅，各要地也都被鄭軍占據，以切斷其水陸交通。

鄭成功乘勝追擊，下令何斌率洪暄先鋒艦船爲嚮導，長驅直搗普羅民遮城，大軍登陸於赤崁的禾寮港。普羅民遮城守將貓難實叮（Jan Ven Valcken），見鄭軍強大，乃閉城堅守。鄭軍既登陸，很快占領普羅民遮街及近郊。漢人目睹王師到來，歡欣鼓舞，於是扶老攜幼，簞食壺漿，爭先恐後地來歡迎，並多方協助鄭軍。另一方面，赤崁城上砲火不斷地射擊鄭軍的營地，鄭成功聽從何斌的建議，先派兵奪取倉庫，以防荷蘭人燒毀糧食，如此保存的粟米足供半個月的需要。普羅民遮城守將以孤城援絕，又乏飲水，乃於四月初六日獻城投降。

當普羅民遮城未陷前，鄭成功也派人前往熱蘭遮城，諭令太守揆一納降，並保證他們的安全。揆一猶疑不能決，乃召開緊急會議商討。出席者大都主張與鄭成功議和，甚至割讓台灣。但祕書長喬柏年等不願以多年之苦心經營，盡付流水，反對割讓。和議遂不成。

不久普羅民遮城投降，揆一知犄角之勢已削，難以持久，盼能早日和議，以決棄留，乃命喬柏年與參謀長連那茲斯起草和約，並偕同荷人通事威廉烏衣里庵等二、三隨從，渡台江至赤崁，詣鄭成功行轅請和。從揆一呈給國姓爺的信得知，荷方的條件是：以銀十萬兩勞軍，每年依例輸貢，保有熱蘭遮與普羅民遮二城以及歷年來荷人所開拓的沃野。

這個條件自然無法被鄭成功所接受。他告訴揆一，重申台灣是中國的土地，被荷人所占多年，如今他既然來索取，自然要歸還，荷蘭人可以帶走所有東西，如有願意留下來的，將和華人一視同仁。鄭成功的信可說是一封名副其實的最後通牒，而且義正辭嚴。荷人當然也拒絕了。

翌日，雙方又開始交戰。鄭成功一面下令宣毅前鎮陳澤、侍衛鎮陳廣、左虎衛等率水師由台江進擊其港畔的甲板船，擊沈焚毀各一，餘遁去，泊於熱蘭遮城下。另外命令駐北線尾銃船隊，從北線尾夾攻熱蘭遮城。又遣馬信、劉國軒率兵從喜樹進七鯤身，沿沙汕進攻一鯤身的熱蘭遮城，鄭軍水陸並進，南北包夾，大舉進攻。當時城上的巨砲即猛轟以掩護持槍迎戰的數百荷軍，鄭軍損失極爲慘重。但將士仍冒死進攻，最後荷兵悉數逃入城中，閉城堅守。

鄭成功爲了避免增加傷亡，乃下令停止硬攻，改變戰略，而將熱蘭遮城重重困住，以待投降。自五月初三日起，將市區和城之間的通路切斷，四面築起戰壕和土壘，並在城前掘了一條河道，而在那些土壘中間，架設十一座小砲。

鄭成功的大軍攻台，巴達維亞方面並不知道。自援軍司令萬得來恩從台灣悻悻然率艦隊返回巴達維亞後，立刻指責揆一的不是，於是揆一被免去台灣太守之職。公司另派克冷克（Hermanu Clenk）爲新任台灣太守，並且在六月二十一日自巴達維亞出發，直赴台灣履新。

另一方面，在鹿耳門海戰逃出之快艇瑪利亞號，隨季風之漂流，經五十日之逆風困行，終於抵達巴達維亞，向總督報告國姓爺襲台經過。此時距克冷克之開船僅兩天兩夜，總督方知揆一所報不假，於是急命快船追回克冷克，一方面緊急編成救援的艦隊十艘，載兵七百，由卡宇擔任指揮官，於七月五日出發馳援台灣。

卡宇所率艦隊，繼克冷克之後，於八月十二日抵達台灣近海。此時困守熱蘭遮城的荷人，見援軍一到，皆喜極欲狂。於是揆一與卡宇乃集合各將士商議反攻策略。擬乘鄭軍鬆懈之時，先奪回普羅民遮城，出擊游弋台江之船，然後盡捕泊台江內外之鄭軍戰船。

鄭成功見荷蘭援軍已到，料想將有一場更大的交戰，即命宣毅前鎮陳澤、戎旗左右協水師陳繼美、羅蘊章、朱堯等率兵艦游弋台江及北線尾附近各沙汕待機，一見荷艦出動，即予迎頭痛擊。

九月十六日，熱蘭遮城忽起騷動，一時鼓笛齊鳴，砲聲震天，荷軍展開反攻。但當天暴風驟起，發砲多不能命中。大小荷艦分向台江齊掠赤崁並攻向北線尾，陳澤見狀立率所部分頭迎戰，但見砲火瀰漫，硝煙布江。這一仗，鄭軍大勝，獲荷艦二艘，小艇三艘，擊斃荷艦長一人，將領一人，荷兵一二十八人，傷者無數。

荷軍經此慘敗，揆一與卡宇都束手無策。最後改變戰略，以四百名陸戰隊由一鯤身沿七鯤身進攻赤崁，並分兵爭奪北線尾，在五十尊速射砲的掩護下出擊。結果還是無功折回。九月二十七日，荷人派二艘最強而快之艦隻，往奪鄭軍糧船，又被擊退。此後，幾次小戰，但都沒有勝績。遂又採消極防禦之策。至十一月初旬，乃在城堡四周海岸植木柵，以防鄭軍船隻迫近。而孤城受圍已久，城中缺乏鮮肉蔬菜及飲水，情勢愈來愈艱難。

正在絕望的時候，揆一突然收到清閩浙總督李率泰來書，建議成立清荷攻守同盟，請揆一先派大批兵艦到福建與清軍聯合，削平鄭氏在閩、粵沿海的勢力，使其首尾不能相應，然後雙方再合兵掃清鄭氏在台的軍隊，一舉兩得。城中被困的荷人聽到這則消息，都額手稱慶，對此寄與無限的希望。十一月二十六日，揆一召集文武官員計議，決定由卡宇率領最強的戰艦，滿載精兵、火器、糧食前去協助清軍攻打廈門。這是非常重要的關鍵，不意卡宇臨陣脫逃，不但沒有去攻打廈門，甚且置孤城於不顧，率隊潛回巴達維亞。自此之後，荷人更感匱乏。士無鬥志，守城將卒紛效卡宇故智，逃出城外向鄭軍求降。鄭成功見狀，乃易守爲攻。設法斷其水源，荷人軍心更加不穩。揆一無奈，乃召開緊急評議會，以出擊或死守二者擇一，投票公決，結果四票贊成出擊，二十五票反對。到了這個地步，揆一知道打不下去了。十二月十三日（西元一六六二年二月一日），遣使乞降。鄭成功大喜。雙方同意停戰五日，議定降約十八條。

永曆十五年十二月十三日，於山川台（今台南市東門圓環）正式舉行受降典禮。揆一太守如約率殘餘荷兵六百人，攜帶輕便武器，以及子女玉帛私蓄等登甲板船，揚帆悄然而去。結束在台灣三十八年的殖民。

熱蘭遮城被圍前後歷時九個月，荷兵戰死者一千六百餘人，物資損失不計其數。從條約中可以看出，鄭成功在招降荷蘭人時所充分表現出的中國王道精神。

受降後，鄭成功祭告山川神祇，以熱蘭遮城為王城，就內城改築內府。又建桔柣門（原為春秋時鄭國門名）以志不忘故土。至是淪陷凡三十八年的台灣，完全光復。

鄭成功的光復台灣，具有十分重大的意義。

就政治意義來說，得到台灣這一塊乾淨地，保存故國衣冠於海隅，使不願臣服於滿清的流亡宗室、忠臣遺老、忠貞義民，有一個地方可以安置。而其後延續了明朝正朔二十餘年，對於鼓舞大陸人心，自有其深遠的影響。而鄭氏與清人作戰，有了台灣，則屯兵、練兵外，又能提供一個安定的後方，足以休養生息，生聚教訓，使反清的人力物力得以支持和壯大。

就軍事意義而言，台灣是中國海防的第一門戶，就西太平洋來說，形勢之優越無與倫比，因此在早期極易引起外國的覬覦。鄭成功的東征驅荷，是中國人第一次收回歐洲人的殖民地。更由於明鄭的經營，乃杜絕了荷蘭、西班牙和倭寇等再對台灣有所染指的機會。這對中國的邊防具有重大的貢獻。

再就社會經濟的意義說，台灣在荷據時期，屬殖民地性質，土地全是「王田」，沒有私有土地的形態。明鄭以後，允許私有土地的制度，因此，農民的勞動意願提高，生產力便逐漸發達起來，頗有構成一個初期封建制度社會的可能。

而文化上的意義則是不但延續了明朝的正朔，更把大陸的制度、文化隨著大量的移民而移植到台灣來，並成爲引導台灣社會發展的一個精神力量。

八、開府台灣

鄭成功自全台初定後，即著手將中國的法律和制度、習慣等一一引進台灣。除原已設置的吏、戶、禮、兵、刑、工六部外，並於永曆十五年五月二日，改赤崁地方爲東都明京，設一府二縣。府即承天府，分東安、西定、寧南、鎮北四坊。縣叫天興、萬年，以福安坑（今台南市南幹線）爲二縣分界。北路爲天興縣，北至雞籠（現基隆市），縣治設於大目降（今新化）與新港（今新市）之間。南路爲萬年縣，南至瑯嶠（今恆春），縣治設於二贊行（今台南縣仁德鄉二行村）。並以楊朝棟爲承天府府尹，以莊文烈知天興縣事，祝敬爲萬年縣知。並實行查報田園冊籍。所謂查報田園冊籍就是調查土地利用情形，以便作爲徵稅的依據，另方面亦可供未來土地開發設計的參考。同時也透過這一措施，承認先來漢人和已開化土人對於土地既得的所有權，鄭成功的目的就是要藉此安撫居民，好讓在台的人不分先後，共同努力。後來鄭成功獎勵開墾時，即諭告官兵，嚴令不許混圈土民及百姓現耕之地。就是要貫徹這個目的。

鄭成功於當年十二月攻下熱蘭遮城後，即由承天府遷入台灣城居住，並改此地爲安平鎮，以示不忘大陸故鄉之意。他的這種情操，後來在台灣廣為發揚光大，紛紛以祖籍地名來命名新開墾的地方。澎湖也於此時設安撫司，屯戍重兵，作為台灣的門戶。

鄭成功的這些措施，在過去台灣史上是空前的。從此建立了台灣與大陸兩者血肉相連、文化相承的親密關係。

寓兵於農的屯墾政策

鄭成功光復台灣，是想以此為基地對清長期抗戰，所以採取寓兵於農的屯墾政策，分別在台灣各地屯兵開墾。這個政策使跟隨鄭氏同來的人在台灣生根，滋長了他們定居台灣的意志。所以這個政策是漢人在台灣拓展成功的主要基礎。回顧我先人在台灣的開發和經營，民族英雄鄭成功的勳業，特別值得我們推崇。

我國屯田制度的設施，肇始於漢代。其目的在利用戍兵，耕墾荒地，自力更生，藉以解決糧餉；如是，有事則兵，無事則農，取其寓兵於農的意義。鄭成功在台施行軍屯，也有多重的意義：

一、解決糧食不足：

鄭成功在採取軍事行動時，對於糧餉，一向很細心注意。但在入台之時，一到澎湖，就已缺糧。所以一經登陸，自然先要注意糧食，而尤其注意糧食積聚處。其實當時的台灣，雖已開闢，但其範圍只限於台南附近一隅。現在突然要供應數萬大軍，而且要長期供應，實在無法滿足。但向廈門催糧或派人下鄉搜粟，所得有限，因此缺糧相當嚴重。而鄭成功現在的地方，正是台灣西南部沖積平原，有相當多的平坦土地，可供種植，故鄭成功要求糧食問題的徹底解決，只有加強墾政，以求增產。鄭成功深知這個道理，故其遣軍屯墾，動機之一即基於此。

二、維持治安：

昔日台灣，除了外敵之外，尚有一內憂，就是所謂的「番害」。而當時台灣的人口，自以土著為多數，其向背當然為鄭成功所關懷，故登陸不久，就親自巡視各社，以收攬人心。在未實施「番屯」以前，以軍隊分屯各地，耳目靈便，不但可以就近監視土著的動靜，於地方治安的維持，亦可收事半功倍之效。

三、促進開發：

台灣在荷據時期，雖已有不少漢人移民從事農耕，但規模仍不夠大。鄭成功的兩萬五千官兵來台，以大量的人力，有計畫有組織地投入開墾行列，對於台灣的土地開發自然產生激勵作用與競爭心理，有助於糧食生產。

鄭成功爲了解決急迫的糧食問題，乃於登陸後約一個月，除了留一部分官兵包圍熱蘭遮城外，即將各鎮分派汛地屯墾。永曆十五年五月十八日，他爲安頓隨從來台的數萬文武官員以及部分忠貞百姓，設立衙門，創置村莊，建築房屋，分配田園，以及經商捕魚等事，認爲一切均須有一法則予以規定，於是宣諭八項條款。

根據這一諭令，可知鄭成功經營台灣的第一步，是要積極快速地動員一切人力，開發台灣，使之由蠻荒的世界，轉變爲具有相當經濟能力的地區。當時台灣曠荒之地雖多，但已開墾者亦不在少數。在移墾開發的方法上，鄭成功非常緊密地思考。例如爲安定土著及先來漢人的生活與利益，以收攬人心，尤其爲防止其部屬以征服者的姿態來強奪已開發之田地，故絕對禁止新來移墾的文武官員及軍民混圈或強占，所以有圈地的限制。同時爲了防止濫占土地，以防少數有權勢者壟斷，所以他飭令墾地必須預先報明畝數。此外爲保持地方及天然資源，他一再強調，不可斧斤不時，竭澤而漁。因爲殺雞取卵是非常危險的事。甚至爲了瞭解與掌握天然資源的實況，他要求軍民對於山林陂池，一定呈報，並給與獎賞。凡此，都是爲後來要實行的屯田政策作準備的工作。

鄭成功深懂為治之道，在於足食，足食之後，乃可足兵的道理。所以他準備以台灣這塊土厚泉甘、膏壤未闢的地方，採用寓兵於農的屯墾政策，冀望先求足食而後足兵，然後觀時而動，以謀光復大明江山。因此，永曆十五年十二月，他視察新港、目加溜灣、蕭壠、麻豆等處歸來時，立即大會諸提、鎮參軍議事，宣布了他寓兵於農的政策。

其方法係以軍隊的組織為單位，即以一鎮或一營為一屯墾單位。以鎮、營的主將為屯墾的首領，各統領所屬士兵，攜帶器材與糧食，分赴指定地區開墾。五軍果毅各鎮赴曾文溪之北，前鋒後勁左衝各鎮赴二層行溪之南。這些被開墾的田園就是後世所稱的營盤田。鄭成功的屯墾，目的在寓兵於農，而不廢兵，這點在事實上是做到了。例如永曆十九年（清康熙四年），清廷派施琅、周全斌準備攻台，鄭經接受洪旭的建議，設防澎湖，遣顏望忠赴澎湖，其士兵就是從屯墾者中抽調出來的。後來施琅的舟師被颶風打沈，犧牲慘重，沒有辦法攻擊台灣，鄭經即將派駐澎湖的軍隊撤回台灣，並照舊令屯墾。甚至到了永曆二十七年（清康熙十二年，西元一六七三年）三藩之亂，鄭經嘗召集屯墾的士兵加以響應。凡此皆可證明軍屯確是做到兵農合一的要求。

鄭成功的軍屯政策，在其死後，不但繼續推行，並且加以擴大；這是參軍陳永華輔佐鄭經的貢獻。鄭氏所屯墾的營盤田，大部分屯於彰嘉以南，不過今台南市附近大都早被熟番及先來的漢人所墾殖，所以較少此類者。而濁水溪以北，乃至於淡水地區，則因較遠離台南，故較少屯墾。

這些屯墾地區，當時皆冠以屯墾鎮營之名稱，而成為該地的庄名，沿襲至今，歷久不變，成為台灣地名的一大特色。現據文獻所載及現今尚留存者，臚列如下：

林圯埔庄——今南投縣竹山鎮及雲林縣林內鄉，為參軍林圯所墾。

後營庄——今台南縣西港鄉後營。

大營庄——今台南縣新市鄉大營村。

小新營庄——今台南縣善化鎮小新里。

左鎮庄——今台南縣左鎮鄉左鎮。為宣毅左鎮所墾。

中營庄——今台南縣下營鄉中營村。

下營庄——今台南縣下營鄉下營。

林鳳營庄——今台南縣六甲鄉林鳳營，為參軍林鳳所墾。

二鎮庄——今台南縣官田鄉二鎮村，為戎旗二鎮所墾。

中協庄——今台南縣官田鄉官田村，為先鋒鎮中協所墾。

官田庄——今台南縣官田鄉，爲鄭氏官田，係陳姓一族承墾。

新營庄——今台南縣新營鎮新營。

後鎮庄——今台南縣新營鎮護鎮里。

舊營庄——今台南縣鹽水鎮舊營里。

查畝營庄——今台南縣柳營鄉，爲清查田畝駐屯之地。

五軍營庄——今台南縣柳營鄉重溪村，爲五軍戎政所墾。

果毅庄——今台南縣柳營鄉果毅村，爲果毅後鎮所墾。

本協庄——今台南縣後壁鄉本協。

營前庄——今高雄縣路竹鄉營前。

營後庄——今高雄縣路竹鄉營後。

前鋒庄——今高雄縣岡山鎮前鋒里及協合里，爲前鋒鎮所墾。

後協庄——今高雄縣岡山鎮後協里，爲先鋒鎮後協所墾。

中衝庄——今高雄縣岡山鎮中衝，爲中衝鎮所墾。

參軍庄——今高雄縣湖內鄉大湖村，爲參軍陳永華所墾。

北領旗庄——今高雄縣永安鄉維新村，爲侍衛領旗協所墾。

三鎮庄——今高雄縣永安鄉，岡山鎮及路竹鄉一帶地域，爲戎旗三鎮所墾。

後勁庄——今高雄市楠梓區屏山、錦屏、王屏、屏南、穗田以及稔田、金田、玉田等里地域，爲後勁鎮所墾。

角宿庄——今高雄縣燕巢鄉角宿村，爲角宿鎮所墾。

援剿中庄——今高雄縣燕巢鄉東燕村，安招村之全部及西燕村一部分地區，爲援剿中鎮所墾。

援剿右庄——今高雄縣燕巢鄉角宿村附近地區，爲援剿右鎮所墾。

左營庄——今高雄市左營區，爲宣毅左鎮左營所墾。

右衝庄——今高雄市楠梓區廣昌、福昌、壽昌、泰昌、復昌、興昌、建昌等里，爲右衝鋒鎮所墾。

仁武庄——今高雄縣仁武鄉，爲仁武鎮所墾。

前鎮庄——今高雄市前鎮區鎮北、鎮中、鎮西、鎮南、前鎮、鐵東、功利等里地區，爲中提督前鎮所墾。

中權庄——今高雄縣鳳山市，爲中權鎮所墾。

統領埔庄——今屏東縣車城鄉統埔村，爲某統領所墾。

以上是以鎭營或鎭將命名者，其他還有不少墾地沒有冠上鎭營的名稱。

雖然鄭氏初墾時，只在台南及高雄一帶，就其所開墾的地域與全台面積比較，仍然只是局部的、點的開發，但由於鄭氏的墾政，始能將漢人社會確立並生根下來。這是鄭成功一項偉大的貢獻。

爲了開拓台灣並解決糧食缺乏的問題，鄭成功對台灣的另一項偉大貢獻，乃是將農業新技術引進台灣並推廣之，更值得注意的是將許多新品種傳入台灣。台灣的農業技術，前此雖因荷蘭人的介紹，已經採用一些新的方法，但大部分，尤其是土著民尙停留在初民時代的生產方式。爲了改善土著的生產力，鄭成功接受楊英的建議，於歸順的土著部落，派一名農夫，鐵犁耙鋤各一副，熟牛一頭，讓這位農夫教他們駕牛犁耙的方法，以及播種五穀和收割的要領。結果，土著發現新法用力少而取效快速，耕種容易而收穫多，莫不欣然仿效，很容易就採用了。鄭成功自福建、廣東的濱海地區引入不少蔬菜種子，是一件値得注意的工作。

由於鄭成功寓兵於農的軍屯政策成功，因此，他對於台灣的經濟、社會以及農業、文化各方面的發展，都有既深且遠的影響。

獎勵移民

鄭成功爲了解決糧食問題及快速開發台灣，所以採用寓兵於農的軍屯政策，但是，他勞動力的主體是士兵，爲了矢志恢復大明江山，也爲了防範滿清的攻擊，自不能把全部士兵投入於耕種。因此，他感到勞動力不足。爲了解決這個問題，他採取三個方法：

一、移軍來台：

永曆十五年鄭成功率來大軍兩萬五千官兵，另加眷口，則人數多達三萬多人，除了小部分以外，都投入屯墾，成爲開發台灣的主要勞動力。到了永曆十八年，鄭經時代，又曾大規模移軍來台。

二、遷諸將士眷口來台：

鄭成功剛來台灣時，就立即下令將眷口遷來，一用以之作爲人質而安定軍心；二來以之從事墾殖，增加生產。永曆十五年十二月初頒遷眷令，十六年正月，再重申此令。當然卒伍眷屬亦在遷居之中。

三、招納沿海流亡之民：

自鄭成功入台，鄭氏武力大量自大陸撤移，清廷見狀，爲了杜絕鄭氏海上接濟，亦即要斷絕明鄭的資源與兵源，竟於永曆十五年冬下遷界令，將山東、江蘇、浙江、福建、廣東濱海人民，全部遷入內地，立下邊界，設圍牆，立界石，派戍兵防守，嚴厲稽查，要求片板不許下海，粒米不許越界，越界者立斬不赦。並將沿海三十里內的廬舍、田園全部燒毀。人民因此傾家蕩產，顛沛流離，骸骨曝野，史家認爲這是清代之一大苛政。清廷在沿海一帶施行這種堅壁清海清野的遷界令，其結果適得其反，流民益多，反激走部分人民投奔鄭氏，台灣因之增加了很多人口，這是清廷極大的失策。

明鄭一代的人口，初期很難統計，但由於遷界令造成大量人口流入，加上鄭成功率來的三萬多將士眷屬，則大約在十二萬人以上了。同時，在荷據時代，尙有衆多春季來台耕種，秋收後返回大陸者，到了鄭成功復台後，確立了自己中國人的控制權，現又加上清廷的海禁與遷界令，更促使原來流動形態的漢人定居了下來。

文教與社會的貢獻

鄭成功本人是生員出身，曾入貢於南京太學，並從大學問家錢謙益讀書，是一位典型的儒生。可惜受到征戰與開墾的關係，於文教事務方面所做較爲缺乏。不過，在早期，他仍盡力倡導，如永曆九年前後曾舉辦過任官而設的考試，也曾資助諸生赴粵西參加永曆政府所舉辦的科舉考試。此外，他本人一生服膺儒學，極端注重儒家的道德風範，對於儒生亦極優禮尊崇。他爲了儲備人才敦勵學行，曾於永曆八年左右，設立儲賢貴冑兩館。儲賢館中所招納的是文士與儒生。入館及其館生之出仕是要經過考試與甄選的。而當時考試甄選的方法則在於優行，就是指好學、知識豐富，且品行端正的人。貴冑館所收容者是「陣亡忠臣後」，其在館的考核辦法與儲賢館是差不多的。永曆九年，他就曾經拔擢兩館諸生從事監察與文牘的工作。而兩館也確實培植不少人才，如柯平、洪初闢及阮旻錫等日後都揚名歷史上。

此外由於鄭成功的優禮文士與儒生，所以，當他以廈門爲根據地時，那時重要的愛國組織——復社與幾社之重要人物如徐孚遠、盧若騰、沈佺期、曹雲霖等及其他東林黨人林釬、蔡國光、阮旻錫、曾櫻等都聚集於此。他們或輔佐鄭成功從事政軍工作，或埋首著述，或作詩酬唱。由於文風鼎盛，連帶地出版事業亦甚發達。曹雲霖及鄭成功兒女親家唐顯悅都曾將其著作在廈門刻版印書。甚至鄭成功的軍事操典與文告亦常刻版印發。因此，廈門亦成爲當時東南沿海文人匯集文風鼎盛的地方。

鄭成功開府台灣後，雖因全力注重開墾，又不幸早逝，無暇大興文教，但仍有不少寓居廈門的文人如徐孚遠、曹雲霖、張煌言等隨之移居台灣。他對於海東文獻始祖——沈光文（斯庵）亦極優禮，令麾下致餼，且贍以田宅。所以當時由於避難或從事反清復明運動的文人移居來台，台灣的文教是以開始萌芽生長。

由於鄭成功開府台灣後的第二年即病故，所以，在鄭經時代，仍有不少寓居於台灣的名士。例如：

辜朝薦：廣東潮州揭陽人，進士出身。初居住金門，後來遷居台灣。他和當時的黃奇遇、羅萬傑、郭之奇，號稱四駿。

沈佺期：泉州南安人，進士出身，官至右副都御史。明亡絕意仕途。後來入台以醫藥救人。

許吉燝：晉江人，進士出身，官至知縣刑部主事。初居廈門，後來台隱居，勵節以終。

張士椰：惠安人，進士出身。來台後住東安坊，杜門不出，謝絕見客，持長齋，日惟焚香煮茗，以書史自娛。

諸葛倬：晉江人，明末恩貢，唐王入閩時歷官翰林待詔、光祿寺卿，並監鄭鴻逵軍。始終拒絕清之招降，後來台。

張灝張瀛兄弟：同安人。灝進士出身，官兵部職方司郎中。兄弟同時自大嶝來台。

黃驤陛：漳浦人，黃道周從姪，天資淳篤，讀書一旦成誦終生不忘。舉人出身。閩變後，浮海入台。

林英：福清人，崇禎歲貢，積學負文名。任昆明令，有神明之稱。壬寅削髮爲僧，由滇遁廈門，不久來台。

黃事忠：官兵部職方司，起兵抗清。母妻皆被清兵所殺。初居廈門，曾奉使赴滇，失道安南，與國王爭禮。後入台。

李茂春：龍溪人，舉孝廉，寓廈門，著述很多。甲辰與盧若騰、郭貞一諸名士來台，居永康里，即今台南市法華寺處，題其茅亭爲「夢蝶園」。

王忠孝：惠安人，進士出身，歷官太常寺少卿左副都御史。後與盧若騰入台，每天與流寓諸人放意詩酒，作方外侶。

郭貞一：同安人，進士出身，歷官監察御史、右都御史，負氣敢言，歸隱廈門，後渡海來台。

他們的來台，對於中國文化的傳入和台灣初期的發展，貢獻很多。

至於正式建孔廟，興學校，則遲至永曆十九年八月，即鄭經遷台之次年，陳永華以軍屯有成，既足食，則應當教育人民，以收人才育賢而固邦本建議鄭經。可見鄭成功寓兵於農的屯墾政策是成功的，且帶來了很大的正面影響。

雖然明鄭在台興學僅十餘年的短暫時間，但讀書的風氣因此而開展。如陳永華的次子夢球，即於康熙三十三年中進士。一般而言，康熙三十年以前台籍舉人貢生，似有不少即明鄭興學而培育之士子。

鄭成功開府台灣在社會方面的貢獻，主要有兩項：一是中國社會組織在台的建立；二是儒家的道德觀念在台的成長。前者是因明鄭時代的台灣社會實以閩南人爲主的群體，故整個社會表徵也反映出強烈的閩南地緣色彩。此亦對日後閩南人始終在台灣居於優勢地位及台灣的習俗以閩南習俗爲主，有極爲重要的影響。同時在鄭成功和鄭經兩次全軍撤軍來台時，均是攜眷或舉族遷移，因此，促使台灣產生宗族制度。現在台灣的百大姓氏中，系出中原地區（豫魯晉冀陝五省），共七十二姓；而僅僅係出河南一省者，計四十八姓，即占百分之四十八。而隨明鄭來台者，共三十九姓。如今日台灣陳、林、黃、張、李、王、吳、蔡、劉、楊等十大姓中，有九姓部分族人是隨明鄭來台的。而在此九姓之中，又有八姓是由河南播遷閩粵而後移來台灣者。由上可知，明鄭的經營，對於台灣社會宗族制度的建立是何等重要；也同時告訴了我們，台灣居民與我國大陸居民血濃於水之親密關係。

商業與財稅

鄭氏本以貿易起家，當鄭芝龍時，養兵數萬，因通洋之利，所部兵餉自給，不取於官，可見其商業經營之盛。到了隆武二年，鄭芝龍變節降清，十二月，鄭成功舉義師於金、廈，地跼一隅，資源不充裕，因此商業是他反清復明事業的重要經濟支柱。尤其是攻取台灣以前的時期。鄭成功繼承鄭芝龍之舊業加以擴大，專擅中國對外貿易的利益。凡不合作者極難與中國進行貿易，例如荷蘭人曾刁難鄭氏船隻，而在一六五七年遭鄭成功貿易抵制，終於被迫低頭。亦可見鄭氏海上勢力之大。

滿清由於無法用武力消滅鄭成功，所以用極優厚條件誘使鄭成功議和，但卻被鄭氏所拒絕，清廷乃實施經濟封鎖政策，以圖困死鄭氏，此即海禁令與遷界令。此項政策對鄭成功乃是一嚴重的挑戰，因爲他的糧餉、油、鐵、船桅等多取給於內地，而且鄭氏賴以通商外國之商品均來自內地，果眞能切斷，對外貿易勢必停頓，甚至老百姓的民生日用品也難以齊備。

幸而鄭成功應付得宜，清廷沒有成功。除了厚賄守口官兵走私，以取得物資外，最重要的就是「五商」這個祕密的商業組織。

五商大約成立於永曆五年，到了永曆七年，此一組織已成爲鄭成功最主要的通商與解決兵餉的利器。五商的勢力相當大，可分爲山路五商與海路五商。山路五商爲金、木、水、火、土五行，總機構設於杭州；海路五商則爲仁、義、禮、智、信五行，總機構設於廈門。至於其下的分支行號，則遍布沿海各省之大都市及港口，甚至連沙埕（在福建福鼎縣東與浙江平陽縣交界處）等小港，都有其分支機構。

所謂山路五商，乃專爲採購大陸貨物加以運銷外洋；海路五商，乃販運東西兩洋之貿易，亦擁有龐大商船隊負責運輸任務。海、陸五商的商務由戶官鄭泰做總監督，而以六察官監察其所爲，設裕國、利民二庫，以分掌其職守。

當時出口貨物，以綢、緞、綾、羅、生絲等類爲主；換回之物，則以白銀、杉桅、硝、礦、銅、鉛、麻、木材等軍需物資爲主。

主要貿易對象是日本，一者日本是遠東最富強之國，可交易之商品多，二者鄭氏與日本有特殊淵源，三者鄭氏所需之原料與武器，日本能生產。所以每年有許多鄭成功的船隻，從各地到日本貿易。對日貿易的利潤相當高，這從董其事的戶官鄭泰在長崎儲存大量白銀可觀察出來。

南洋各國也是重要的貿易對象。呂宋、交趾、暹羅、巴達維亞、柬埔寨等地，都有鄭成功的船隻來往貿易。

鄭氏五商，除了經濟目的之外，尚可以此爲掩護，藉資爲軍事之偵諜行爲，意義尤爲深遠。如鄭氏後衝鎮華之母，爲清人繫之於獄，鄭成功就命令鄭泰以銀二千兩斡旋，而出之如寄。又遍布心腹於內地，假扮客商，潛赴各地探聽消息，事無巨細，消息靈通得很，因此凡事都能早爲預備。此乃五大商之經營與鄭氏諜報工作配合，相得而益彰。

永曆十五年，鄭成功光復台灣，得將台灣鹿皮、砂糖，轉販東西兩洋，商業狀況更盛於前。可惜，永曆十六年，鄭成功病逝，發生東寧政變，第二年，鄭泰死，家族叛變降清，結果山路五商終於被滿清毀滅。

鄭成功的海上貿易範圍廣大，除日本外，遍及整個南洋，其船隊武力相當強大。所經營的也不僅限於中外貿易，甚至進行國際轉口貿易，從中取利，獲得廣大財源。明白這一點，才能夠瞭解鄭成功何以能以閩南一隅與台灣一島維持其大軍，抗衡滿清的道理了。

鄭成功雖然海上貿易相當活躍而成功，可是，以沿海褊狹之地或台灣一島對抗廣土衆民的滿清帝國，在財政上的負擔是非常沈重的。他的財稅來源如何呢？

一、租賦：鄭成功在復台以前，對其控制下的地區，依明制徵收田賦。如永曆十一年北征時，台州府來降，於是派遣戶官都事楊英進城，查察倉庫圖籍等項，解出正供銀三千餘兩。到了永曆十五年攻下台灣後，厲行屯墾，租賦制度乃告出現。他將田地分爲上、中、下三則，以訂賦稅。令下三年內，將收成的十分之三，作爲田賦。其田園之租稅率如下表：

	上田	中田	下田	上園	中園	下園
鄭氏官田租率	十八石	十六石五斗	十石二斗	十石二斗	八石一斗	五石四斗
鄭氏文武官田租率	三石六斗	三石一斗二升	二石四斗	二石四斗	一石一斗二升	一石八升
鄭氏文武官田租率	十四石	十二石四斗八升	八石一斗六升	七石九斗六升	六石四斗八升	四石三斗

鄭成功的田賦制度很受荷蘭人的影響，因爲官田租率與荷蘭人王田租率完全相同，顯然承襲了前代的辦法。至於文官官田之租率、稅率則是參考官田之租率，比較田園的沃度等條件定出的。

二、徵派糧餉：鄭成功尚未復台以前，在大陸東南沿海奮鬥，由於所占地盤小，而且不固定，很難依正規方式徵收糧餉，因此，鄭氏只能隨軍事需要經常徵餉。除了徵餉外，還有一種方式，叫助餉。助餉就是捐獻金，這個辦法始自明毅宗要求大臣捐獻。紹宗立於福建時，鄭芝龍也曾大徵助餉。除官員的「官助」外，又有鄉紳之「紳助」與富戶之「大戶助」。鄭成功起兵後也仿行，他在紳助中又分爲兩類，一是懲罰降清官紳之重捐；一是斟酌財富狀況樂捐者。如永曆八年（西元一六五四年）十一月，向漳州降清縉紳富戶張明俊取餉。其他徵助餉的例子很多，如永曆七年閏八月在漳泉徵派樂助餉。永曆八年七月，就漳、泉、福、興等地方徵派助餉。

三、水餉：鄭氏之財源除徵糧外，另一個辦法就是向廣大海洋求財富，即「通洋之利」。約在永曆九年（西元一六五五年）負責東西洋貿易的鄭泰出任戶官，象徵鄭氏以海利爲其主要財源。通洋之利包括對外貿易、洋稅、牌餉等項。洋稅係指貨物出入口稅，這項收入相當可觀。牌餉以洋船爲徵稅對象，牌是繳納牌餉的納稅憑證，又含有國籍證書的性質。由於當時的東亞海面，各國冒險家活躍，亦商亦盜，劫掠盛行，一般商家須賴有力者之保護。由於鄭氏係遠東海上一大勢力，有其牌照可保安全，故牌餉雖是一種勒索，但也有其保護海上安全之作用。當時的東洋船，大船每年牌餉額二千一百兩，小者五百兩；西洋船，大船三千兩，小船七（或八）百兩；近海商船五十兩；漁船十五兩。

鄭成功在台灣另徵漁稅，此稅也是沿襲荷人辦法而擴大施行。

四、丁銀：永曆十五年五月初二日，鄭成功在台灣開始徵人頭稅。其稅率大約每人一年六錢。丁銀名叫「毛丁」。

五、其他：如房屋稅。這項只有店肆街坊才有，叫「厝餉」。另有製麵牛磨之稅，製糖蔗車之稅，有捕魚之罟、罾、縺、罟、縺、蠔之稅，有採捕小船樑頭之稅、有港潭之稅，有鹽稅與僧道度牒之稅等，名目繁多。這是因鄭氏軍費浩大，故租稅較重。

九、延平之薨

鄭成功之東征台灣，實迫於滿清的力量，不得不如此。但是到台灣以後，很多事情的發展，跟他當初的計畫和預期出入很大，不如意事很多。這些事縈困著他的心懷，痛苦日增，人非鐵石，他如何承擔呢？我們中國的倫常，以國家爲重，以忠孝爲立身之本：齊家以孝，治國以忠；二者不可缺一。可是鄭成功在這二者之間，均陷於無可奈何的苦境，最後終因悲憤恚恨，心損神傷，不得永其天年。分析他的病逝，有下列幾個原因：

一、永曆十三年七月金陵之敗，對鄭成功的打擊最重。當時桂王已亡走緬甸，明室不絕者一髮，假如此役戰勝，則江南逐鹿，未必死於清人之手。故鄭成功傾十年教養之師，命將士載家以赴，抱破釜沈舟，必勝之決心。哪知南京之圍，未及戰而大敗。致西南明師，既失北援，再無反攻之力；滿清席捲中國，大勢已成，海上義幟，頓逝恢復的希望，十餘年枕戈泣血，一朝付之東流。而且北伐之役，本有勝利的機會，結果由於判斷錯誤，人謀不臧，一敗塗地，怎不叫鄭成功懊惱恚恨呢？

二、永曆十六年四月，桂王遇害於雲南，其事甚慘，明祚也因之而亡。鄭成功十餘年勤王宿願，自此付諸畫餅，此事對他心神戕傷，自是深重，自責「罪案日增」，可見他內心的痛苦。

三、自大軍渡台後，首遭缺糧之苦，非常擔心將士脫逃，雖是勳舊諸將，如鄭泰、黃廷等，亦憚於險遠，不遵命過海來台，致人力物力都感不足。又逢降將黃梧、施琅等人挑撥離間，方面之將，如銅山之萬祿、萬義，南澳之陳豹，均先後叛去。鄭成功性本躁烈，執法峻嚴；值此將士有解體之勢，法窮力絀；困積胸懷，自屬心神之所難承受。如何解除危機，眞叫鄭成功深感沈重。

四、鄭成功光復台灣後，以台灣新闢，力量不足，故想攻取呂宋，以爲外府。曾結好華僑，以爲進兵之計。不料呂宋西班牙得到消息，先下手屠盡華僑，造成衆多華僑的慘死，而征呂宋之議也不能成行，鄭成功自難釋於心懷。

五、自從起兵抗清以來，清廷就以鄭芝龍來要挾鄭成功就範；鄭成功不肯投降，則清廷加之於鄭芝龍的迫害，也就日甚一日。永曆九年（西元一六五五年），清廷削鄭芝龍爵，並禁錮於牢獄。十一年，流放到寧古塔，加械嚴禁。十五年十月初三日，乃磔鄭芝龍於北京之柴市，弟世恩、世廕、世默，以及家屬十人皆死。鄭成功雖有「大義滅親」及「不敢以子自居」等語，但父子之情天生，誰人能忘，所以，他常在半夜起來北向，私自悲苦哀痛。永曆十六年正月，他聽到鄭芝龍被殺的死耗，乃頓足躃踊，望北而哭。父子親情，自不能斷，他的悲愴是可以理解的。

六、黃梧投降了滿清，被封為海澄公，殘害鄭氏，無所不用其極。永曆十五年，曾以清海五策上疏清廷，其第四策即為掘鄭氏祖墳。清廷果然毀鄭氏祖墳。鄭成功聞訊（永曆十六年正月），向西切齒而罵：

「生者有怨，死者何仇？敢如此結不共戴天，倘一日治兵而西，吾不寸磔汝屍，枉作人間大丈夫。」

其負罪先人之痛，自所難免。等到病危，更說：

「忠孝兩虧，死不瞑目，天乎！天乎！何使孤臣至於此極也。」

應為有感父、祖之慘而發之慟語。

七、鄭成功東征，以世子鄭經監守廈門。本來鄭經娶了兵部尚書唐顯悅之孫女為妻。但夫妻感情不睦，因與四弟乳母陳氏私通，生一男孩，詭報鄭成功說是妾所生的。鄭成功年未四十，忽得男孫，非常歡喜，大加賞賜。唐顯悅為幫孫女訴說委屈，寫信給鄭成功揭發鄭經與乳母通姦的事，並大罵鄭經禽獸不如。他的信說：「三父八母，乳母居其一，令郎狎而生子，不聞詞責，反加齎賞。此治家不正，安能治國？」

鄭成功是受儒家思想薰陶極深的人，恪守禮、義、廉、恥爲人準則，況且又爲政、軍領袖，齊家治國，一向嚴正，看了這封信，直如青天霹靂，萬箭鑽心。把他氣得怒火沖天，氣塞胸腔，幾乎昏過去。立即派兵都事黃昱持令箭諭知戶官鄭泰，使監斬世子鄭經、陳氏母子及鄭經母董氏，以其教子不嚴。洪旭、黃廷接令，大爲震駭，不知所措，祇好殺了陳氏母子，回台報命。各將領並且聯名啓稟，爲董夫人及鄭經請求寬恕。鄭成功不許，命黃昱佩尙方劍，再到金門見鄭泰，必當照令行事。

適有部將蔡雷鳴，因罪懼責，乞假歸廈門，加以挑撥說：

「藩王勢必盡誅，否則，將及斬監諸公，既密令周全斌自南澳調兵來攻。」

洪旭等更爲震驚。後來聽說鄭成功有病，恐是亂命，絕不接受。因此，調兵守大擔，防周全斌來攻。剛好周全斌自南澳征陳豹回來，被誘囚禁。鄭成功接讀金、廈諸將再爲鄭經母子求情公啓，其中竟有「報恩有日，候闕無期」的話，他知道金、廈諸將擁他的兒子鄭經拒命，而周全斌又被囚禁，心情更加氣惱。而且抗命事件發生後，金、廈不發一船來台，本來分派去管理的洪初闢等十餘人，也都留住金廈不回來。因此，金、廈與台灣的訊息完全隔絕，形同封鎖，使鄭成功更加憤懣。鄭成功崇尙禮教，律身嚴謹，遽遭家變，而父子故將頓呈離解之勢，其沈痛可知。所以當他臨終時，對諸將說：

「我欲成大事，乃不能治家，遑問天下。」

鄭成功遭遇了如此重重疊疊的不幸，在無可奈何的困境中，憤怒與憂慮是他致病的原因。所以他鬱氣傷肝，性情變態，形成了肝鬱病症。更兼台灣氣候變化無常，忽冷忽熱，水土不宜，偶感風寒，一變而爲「內傷外感」重症；即欲治療，也難求得藥物，全靠自己的抵抗力與病魔搏鬥，因此他的病情一天一天沈重起來。鄭成功有鐵一般堅強的意志，健壯的身體，雖然病重，仍能天天勉強起床，照常辦公。登上將台，瞭望淪於異族的美麗河山。

有一天，鄭成功強拉黃安上將台，用望遠鏡瞭望澎湖方向有沒有糧船來。黃安乘機勸諫他說：

「金、廈的船是不會來的。黃梧與施琅的奸計既實行，使藩主在北京的親屬都被慘殺。現在又想來消滅藩主了。就像世子與乳母幃薄隱祕之事，哪個人知道呢？誰敢斷定不是黃梧施行奸計，買通唐顯悅，寫信激怒藩主，以達到藩主父子相殘，自行消滅的目的？希望藩主不要多疑。如果再這樣疑神疑鬼，就是左右最忠心親近的人，也會像郭義、蔡祿、陳豹一樣反叛降清啊！人家看見藩主父子至親，都這樣殘忍對待，絕不寬恕，其他的人還能相容嗎？結果必至眾叛親離，自行滅亡。」

這一段含有至情至理的話，把鄭成功激得羞憤交併，發狂奔跑。

自是之後，鄭成功病情日益加劇。臨終的時候，還再次登上將台，拿著望遠鏡，遙望大陸，一息尚存，不忘故國河山。回到家後，穿著衣冠，很恭敬地拿出太祖祖訓來讀，並命令左右取酒給他喝。讀至三帙，長嘆說：

「自國家飄零以來，枕戈泣血十有七年，進退無據，罪案日增；今又屏跡遐荒；遽捐人世，忠孝兩虧，死不瞑目。天乎！天乎！何使孤臣至於此極！吾人又何面目先帝於地下乎？」

說完後，以手抓面，懷著滿腹沈哀，一腔悲憤，在荒島上與世長辭。得年三十九歲，時永曆十七年（清康熙元年，西元一六六二年）五月初八日。

鄭成功既逝，弟鄭襲及建威伯馬信、右虎衛黃安入視；馬信感知遇，出紅緞覆其身。葬承天府之洲仔尾（按：洲仔尾屬清代外武定里鄭仔寮莊。後其子鄭經、孫鄭克塽均附葬於此）。永曆三十五年（清康熙二十年），世孫克塽立，追懷列祖，上謚號，曰潮武王。鄭氏亡後，舉族內渡。康熙三十九年，克塽乞歸葬故里。清朝褒其忠節，乃遣官護送鄭成功及鄭經兩柩，歸葬南安。如田橫故事，置守冢，建祠崇祀。

同治十三年（西元一八七四年），清福建船政大臣沈葆楨因牡丹社事件來台。同年十一月二十五日，台灣進士楊士芳等上書請為追謚建祠，並列諸祀典。是年十二月五日，沈葆楨以上奏略，報可。追謚「忠節」，建祠台灣府，以南明諸臣一百一十四人，配享東西兩廡。祠成，沈葆楨為手撰楹聯曰：

開萬古得未曾有之奇，洪荒留此山川，作遺民世界。

極一生無可如何之遇，缺憾還諸天地，是創格完人。

真可為鄭成功一生人格事功之寫照。

【下篇】

是非爭議

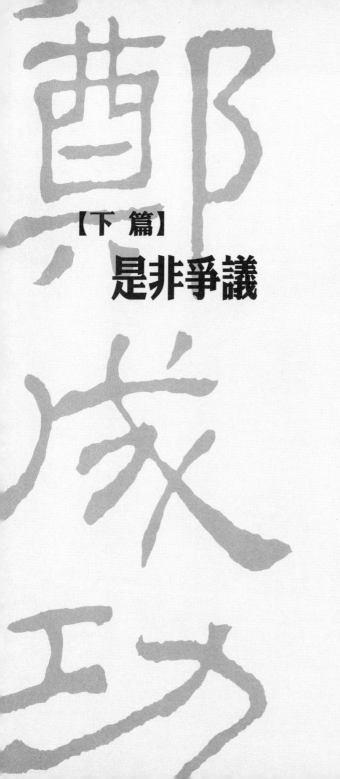

一、好使意氣，局量未宏

鄭成功以孤臣孽子之身，處國破家亡之厄，據東南海島，勇豎義旗，奮力抗清，矢志不貳，延長明朝的正朔，保存民族的正氣，並開府台灣，偉績彪然，照耀青史，受到後世永遠的景仰。

不過，對於他的性格卻有不少的批評。現在將史籍上留下的一些批評介紹於後，並加以說明。相信對瞭解這位民族英雄有相當大的幫助和意義。

批評鄭成功「好使意氣」、「局量未宏」的原因，發生在他擒治悍將施琅這件事上。

最初施琅以卒伍從鄭芝龍。後來，鄭成功拒絕降清倡議海上時，施琅是其中之一人，跟隨鄭成功，頗有戰功，因此非常跋扈不馴，破壞團結，甚至暗萌異志，削髮示逆，故鄭成功下令拘之，將斬以徇。可是被施琅逃脫，終於降清。這是永曆五年五月間發生的事情，夏琳撰寫《海紀輯要》說：

左先鋒施琅……晉江人，其事成功也，年最少。知兵善戰，自樓櫓陣伍之法，皆琅啓之。前在南澳，兵付蘇茂代將，意回日必復任，賜姓既不與，遂請為僧。賜姓令再募兵，許授前鋒鎮。偶有親丁曾德逃於賜姓營，琅擒治之。賜姓馳令勿殺，琅竟殺之。賜姓大怒，捕琅並逮其眾屬。琅乘間逸去，密渡安平，依鄭芝豹。賜姓收其父大宣並其弟援剿左鎮施顯，殺之。

據此，鄭成功擒治施琅，殺其父弟，好像只因施琅殺親丁曾德所引起的細故。清代持此說的不少。例如夏琳別著《閩海紀略》卷上說：

施琅，晉江人，屢有戰功，授左先鋒鎮。有標兵逃在國姓左右，琅擒之。國姓馳令勿殺，至已斬矣。大怒繫之，逮其家。琅乘間逃去，密渡安平，依澄濟伯（按即鄭芝豹）。國姓收殺其父併其弟援剿左鎮施顯。

阮旻錫著《海上見聞錄》卷之一說：

施琅前在南澳，兵付蘇茂代將，意回日必復任。賜姓不與，遂請為僧。賜姓諭令以資募兵，許授前鋒鎮。偶有親兵逃亡，賜姓拔為親隨。琅將曾德捉回之。立斬之。賜姓怒而不發。（五月）二十日，傳令諸將在船聽令。遂令右先鋒黃廷執施琅，及忠定伯林習山拘在船中。令副將吳芳看守。琅家人著人假賜姓令箭，弔回審究。吳芳即同上岸。至草灣（按在廈門，俗名草仔垵），琅即將吳芳及押人打倒脫走。逃於山穴中兩日，夜往投蘇茂。茂密以小舟，載之渡海，依澄濟伯……二十一日，殺施琅之父及其弟顯。

鄭亦鄒的《鄭成功傳》則更加上不少神話般的插曲，如傳之卷上說：

> 左先鎮施琅……之事成功也，年最少。風宇魁梧，號知兵，自樓櫓旗幟伍陣相離之法，皆琅啓之。然頗持才而倨，有標兵得罪，逃於成功，琅擒治之。馳令勿殺，琅已斬之。成功怒，捕琅，逮其家，殺琅父及弟顯，顯時為援剿左鎮。琅夜佚，顧四塞環海，無敢問渡，匿荒谷中，飢且死。適佃兵鋤園老吳，望見五花豹隱臥，大驚怖。頃之，傫然施琅也。琅亦驚定且告之

故。佃兵聞其才也，慰撫之，為簞食與魚取飼。然已憊甚，肌革慘懍。成功購琅急，曰：「此子不來，必貽吾患！」令國中舍匿者族。食畢，迺謀之所部蘇次將茂，夜同叩次將門，佃兵而後迺去。茂則大驚失色曰：「大哥安得在此？既已，無可奈何！」留二日，跡至蘇家，迺伏琅臥內，令其妻偶坐，以衣覆之。居二月，假以一舟、一劍、一豎子，夜渡五通，入安平依鴻逵。厥明，茂則席藁請罪軍門。成功赦之而封之如琅職。

而有關擒治施琅事，描述最詳盡的則是江日昇的《台灣外記》，其卷之三說：

左先鋒施琅從將曾德犯法當死，脫逃賄匿成功左右，琅偵擒之。功馳令勿殺。琅曰：「法者非琅敢非，犯法安能逃？使藩主自徇其法，則國亂矣！」促令殺之。但持令者乃德摯友，回而不述執法前言，徒詭說：「爾欲以藩令脅吾，面叱殺之」之語。成功大怒，次日傳諸將入船，令右先鋒黃廷收琅，並父大宣、弟顯貴，交林習山守於巨艦，習山令副將吳芳看之。是晚有船訪琅者曰：「命不保矣！」隨登岸而去。即急謂顯貴曰：「危在旦夕，兄弟豈可俱斃。弟年壯，連當計脫！」貴曰：「兄雄略勝弟十倍，且我有子，兄尚無嗣。吾與父當之，兄急行，勿多語，恐有漏洩！」琅起，佯喜語吳芳曰：「吾以藩主欲殺我，誰知欲令我備鎧甲，此易事也。」取酒與芳歡飲畢，慫芳曰：「伴我登岸，往見當事！」芳見琅舉動雀躍，又以父與弟在船，遂信焉，令人隨之登岸。琅曰：「大路恐遇人不便，由小徑行。」芳之隨者是之。至草仔垵，琅出鐵錐錐死芳之伴者三人，走匿曾厝垵石洞中。是晚，成功聞報大怒，細林習山欲殺。拘吳芳妻子，令芳偵尋贖罪。二十一日出令，收大宣、顯貴斬之。嚴禁船隻，曉諭搜索。琅匿數日，飢餓難當，乘昏奔其部屬左營蘇茂署，時茂頂琅左先鋒缺，茂方晚食。琅見激之曰：「聞藩主千金高爵購我，細思賢弟與我最厚，特來相尋，免被他人邀功。」茂曰：「茂雖不肖，豈靠賣鎮主以求榮乎？且公投生非投死也。茂雖死不肯為，公幸勿疑！」飭守門者祕勿揚，隨飲琅，藏之。次夜令心腹備小船載琅去安平，投施天福依芝豹，求為排解。俄而成功知，往召，琅已逸內地。成功得回報，憤其叔父市恩放琅。

上引諸家所述鄭成功擒治施琅事，皆指鄭成功因細故而殺大將，並罪及其父弟，是其局量不宏而無可疑。如此則其孤忠大義的人格難免要略受折損了。但是，事實如何呢？

根據《延平王戶官楊英從征實錄》，則有一番不同的記載。《從征實錄》第十一頁記載：

（永曆四年）閏十一月……時施琅兄弟俱握兵權，每有跋扈之狀，動多倚兵凌人，各鎮俱受下風；惟後勁陳斌每與之抗，曰：「彼恃兵力，吾兵足與敵；若彼手段（此指武藝），雖兄弟，吾用隻手揉躪之。」琅知之，亦讓之，但每愬於藩。斌有戒心，至是率兵而逃，密啓一稟，陳述逃緣繇。藩心含之。

可見施琅的跋扈欺人，使得勇猛同僚被逼逃離，實爲成功軍中之大患。

同年十二月，成功奉永曆帝敕，統兵南下，勤王粵海。這感人的大義曾引起成功叔父鄭鴻逵的讚美支持，說：「姪有此舉，社稷靈貺實式憑之！」可是施琅卻臨陣閃避，兼又託言夢寐，尤有動搖軍心之嫌。鄭成功雖然內心不快，但也沒有嚴責，不失爲寬大。不過，兵權由蘇茂代領了，因爲他不願從征勤王，而茂又頗爲稱職。

後來施琅與鄭成功的關係急遽惡化，終至不可收拾。《從征實錄》記說：

> 藩移師後埔，紮營操練。施琅不從，請啓「削髮為僧」……以揣藩意。藩諭令再募兵，許授前鋒鎮。琅不報，竟自削髮不赴見。藩心含之。

鄭成功命施琅募兵任前鋒營，也是一番好意。而他「削髮爲僧」本爲「薙髮之漸」（瞿式耜語），這舉動就含有反側之意，其放肆荒誕可見一斑了。

不僅如此，他還爲了家丁與右先鋒黃廷的兵爭競小故，率了一群部下去黃廷行營辱罵，還打破了黃廷的家器。黃廷忍避了他，並且報告了鄭成功，鄭成功派黃山同黃愷去誡諭，但施琅卻面從心違。這種辱罵同僚，可說是擾亂秩序、目無長官的過錯，鄭成功不過給與「誡諭」而已，對他是眞夠寬大了。

至於「曾德」事件，施琅可以說是在對鄭成功的藩幕重權挑戰了。原先鄭成功以此爲「小故」，還透過其弟施顯的手足關係去把施琅維繫住。楊英《從征實錄》十五頁說：

> 琅有親兵曾德，赴藩求拔親隨，藩與之。琅採之，即出令箭將曾德拿回，立斬之，藩銜之，尤未發。諭其弟顯勸之曰：「藩無能作傷恩事也！」琅益無忌。

後來，因爲施琅又批評中傷鄭成功掠奪永寧、崇武二城清軍之糧，鄭成功已忍無可忍，於是下令收押施琅。

後世不察，都誤會了鄭成功。更加上歷史湊巧的發展，後來統兵征服台灣鄭氏者，亦正是宿昔成功擒治欲殺、被逸降清的施琅。施琅於降清之後，必然會把他與鄭氏的關係作一番巧妙的掩飾，所以便拈起「曾德」這件「細故」，以作爲他獲罪於鄭成功的理由。既經他的宣傳，乃造成一種普遍獲信的印象。夏琳身爲閩人，對於施琅的宣傳必習聞特稔，故很自然地將之採爲史料。至於阮旻錫則與施琅交厚，鄭亦鄒、江日昇且爲從清的人物，他們重視施琅的宣傳更屬必然了。於是這幾種與鄭氏時地相接的史料，在討論鄭成功擒治施琅這件事上都犯了一致的錯失。

二、南京兵敗之爭議——驕兵與獨占其功

南京古稱金陵，爲明太祖建都之地。永樂十九年，明成祖把國都遷於北京。崇禎十七年，清軍攻陷北京，福王就在南京即位。翌年清軍又陷南京，雖然將南京改稱江寧府，作爲江蘇省治，但是，仍不失爲江南首要之區。同時也是滿清掃蕩東南及西南反清勢力的前方基地，所以防備特別嚴密，在兩江總督之下，並設置有滿漢提督統領滿漢大兵，駐守於此地。因此，鄭成功北伐南京之戰是一場壯烈的攻防戰。若南京一得，則閩、粵、浙、楚以及黔、蜀之豪傑悉數響應，則江南半壁，悉爲鄭有，清軍自然無力再攻取鄭氏金、廈兩島。

鄭成功經過多年的準備和多次的挫折，至己亥年，才得引大軍，浩浩蕩蕩，進入長江，破瓜州，經略鎭江，傳檄郡邑，江南江北，相率送款。共得四府三州二十四縣。使清廷爲之震恐，議出大兵南援；同時各地人士亦無不歡呼狂喜，對鄭成功的北征，抱著深厚的期待。不料南京一敗塗地，倉卒撤出長江，終至功敗垂成。張煌言便批評說：

初意石頭師即偶挫，未必遽登舟；即登舟未必遽揚帆，即揚帆必且復守鎮江，故余彈壓上游不稍退。虜酋郎廷佐、哈哈木、管效忠等，遺書相招，余峻詞答之。太平守將叛降於虜，余又遣兵復取太平，擒叛將伏誅。然江中虜舟密布，上下音信阻絕，余遣一僧齎帛書由間道款延平行營，云……兵家勝負何常，今日所得者民心耳。況上游諸郡俱為我守，若能益百艘相助，天下事尚可圖也。倘遽舍之而去，如百萬生靈何？詎意延平不但舍石城去，且棄鐵甕瓦城行矣。

而《東南紀事》於《葉羅二客傳》，也記載鎮江書生羅子木，聞延平王欲棄鎮江而去，涕泣請留，延平王不聽之事。內容是這樣的：

羅綸字子木，鎮江丹徒人，家貧授徒蘇州……延平王朱成功師度金焦，亟往觀變。謁煌言於儀真，一見器之，命草檄諭江南北。煌言欲留之，曰：親在未敢許人也。族叔羅蘊章時為成功左鎮，乃入其營。不數日，成功東奔，子木在金山猶疑陽敗。已望見大粽過焦山，乃乘小艇徑奔成功船。大呼曰：我羅總兵姪也。超登曰：公何以非十年之力，辜天下望？成功不答。子木慟曰：公兵勢尚強，奈何以小衄挫志，彼戰勝而惰，轉帆復進，南都必破，失此事機，復欲再振，其可得乎？持成功手頓足號慟不已。成功默然，竟令左右扶去……

鄭成功當南京兵敗，收潰軍猶數萬人，攻崇明時，船隻尚有兩千餘艘。爲什麼不聽張煌言的勸告，既棄南京，再棄鎮江瓜州，又不聽羅子木泣留，試圖反攻，竟直出長江口而南去呢？

朱希祖序《從征實錄》時，就批評鄭成功乃是「欲致獨占之功」所致。他說：

初周全斌以三策干成功謂：「大將軍志在勤王，當以計間孔、尚、吳使反正，檄孫可望、李定國分兵川、楚，連師閩、粵。一道出湖北，逕取南鄭，窺洛陽，拊其背；一由巴、蜀搗關中，封函谷，扼其項；一浮長江，畫南都，遏其饟，以虛其腹，此上策也。會孫、李師，分克楚、粵、巴、蜀，由黃梅分克太湖、潛山、德化、建昌，一趨南贛，一趨合肥；粵師由南會，閩師、浙師左右之；而又分南贛之師，道浙浮江，分下大江南北，而下楚、蜀之米，以蘇閩、浙不時之需，此中策也。若夫棲兵各島，以間蠶食浙粵沿海請郡邑，陸取南贛、汀、邵，觀釁乘便，此下策也。」成功專取下策，不能高瞻遠矚，以赴時機，昧定國之良圖，棄全斌之上算，往往欲為孤注之擲，而致獨占之功。勸於南京一役，清廷西征之師，適已凱還，遂致大敗，其不能東西呼應，常失時機，彰彰明甚。

另外，《清史稿．張煌言、鄭成功傳》載：

> 張名振三入長江，成功疾之，藉和議召還名振，俄遇毒死，或曰成功酖之。

鄭成功北征南京失敗的原因，最常被非議的是不聽甘煇、張煌言兩人速攻與分兵經營鄰邑以絕清兵後援的進言，而延誤了不少時間，致使南京得以從容部署防務，四處調兵協守。《鄭成功傳》及《海紀輯要》記甘煇進言說：

瓜鎮為南北咽喉，但坐鎮此，斷瓜州，則山東不下，據北固，則兩浙之路不通，南都不勞而定矣。

《台灣外記》則載有當年鄭成功克復瓜鎮時，潘庚鍾的進言：

今既一鼓而克瓜鎮，是則江南門户已破。雖軍聲大振，天下搖動，未可驟然進兵。當暫住瓜鎮。遣將分據淮陽諸郡，扼其咽喉，收拾人心，窺其釁隙，然後大隊齊進。況南都滿漢兵民人等不下百萬，一旦糧道斷絕，待哺不足，兩月之間，其兵必潰，其民必亂，如此可不勞而走，此正曹公之所以取勝於官道也。

以上諸家都以鄭成功不聽周全斌、張煌言、甘煇、潘庚鍾等人的進言，以致敗戰，且併瓜鎮而棄之。而徐鼎《小腆紀年》則有另評，他說：

……成功江寧之敗，論者惜其拒甘煇坐守瓜鎮之言，庚鍾分扼淮陽之策，恃銳輕進，以喪其師，此事後成敗之論耳。天之喪明若穡，夫我國家日月光華，風霆震盪，揮戈何足以返舍，簣土何足以移山？就使坐守瓜鎮，而山東之師衝其左，江楚之援掣其右，金陵郎廷佐、梁化鳳搗其中堅，豈能全師返哉？孤軍深入，自老其師，昭烈所以敗於猇亭也。違眾獨斷，孤注一擲，成功非無所見哉？兵驕者敗，理固然也，覽其全局豈非天耶？

這些話是很中肯的。鄭成功是敗在「驕兵」。鄭成功自從北征以來，戰無不勝，攻無不克，使他過度相信自己的武力強大，所以，雖然明知管效忠是詐降，及清軍蠢蠢欲動之時，他還對甘煇誇言說：「管效忠必知吾之手段，不降亦走矣。況屬邑節次歸附，孤城絕援，不降何待？且銃砲未便，又松江提督合約未至，以故緩攻。」云云，直到命令諸將準備攻城，城中援軍調集已齊，乘虛殺出，以致反攻爲守，處處挨打，而致大敗，使抗清復明的偉業，遭到無可彌補的挫折。

三、入台之爭議

鄭成功自金陵兵敗之後，清兵欺其孤軍勢窮，於是步步進逼，雖然他又將達素的軍隊打敗，但是，除金、廈外，已難措足，因此，在不得已之下，只好暫取台灣。他的計畫是以台灣爲基地，連金、廈而撫沿海諸島，然後廣通外國，訓練士卒，進則可戰而恢復中興，退則可守而無內顧之憂。因此，光復台灣是鄭成功最偉大的事功和成就。但是，對於這樣的大事，時賢仍有加以指責者，張煌言即是最著名的一個。《小腆紀年》卷第二十，順治十八年末記曰：

是歲，明兵部尚書張煌言駐師福建之沙關。煌言聞成功師抵澎湖，遣幕客羅子木以書責之。謂：「軍有寸進，無尺退。今一入台，則將來兩島並不可守，是孤天下之望也。」不聽……遷界之令，沿海流亡失所，煌言頓足嘆曰：「棄此十萬生靈而爭島夷乎？」復以書招成功，謂：「可乘機取閩南。」不見聽，乃遣書故侍郎王忠孝、都御史沈佺期、徐孚遠、監軍曹從龍，勸其力挽成功。即聞滇中事急，再遣子木入台。苦口責之。成功以台灣初定，不能行……（煌言）乃以孤軍徘徊金、廈兩島之間。

《張蒼水集》有〈讀史二首〉，註曰：「壬寅」，即康熙元年，正是鄭成功復台的次年，對鄭成功頗爲不滿。詩曰：

秦鹿橫飛六國殘，狐鳴篝火亦登壇；
留侯若也歸強楚，更有何人解報韓！
清秋蕭瑟井梧寒，在莒齊襄淚未乾。
七十二城猶在望，卻無舉火是田單。

張煌言可謂責備賢者了。

四、濫用權威，不赦小過

朱希祖在《延平王戶官楊英從征實錄．序》文中對鄭成功有以下的批評：

追溯成功賜姓之由，全由於鴻逵擁戴紹宗所致；芝龍之降也，欲挾成功見清貝勒博洛，鴻逵陰縱之入海，至昭宗時，成功南下勤王，鴻逵亦出兵相助，觀其與芝龍書，眷念舊恩，不貪新榮，散軍艦為商漁，居白沙以弢晦，書中迴護成功，沒齒無怨，而成功則以家產之喪亡，殺芝莞以洩恨，鴻逵跳身白沙，幸而免戮，忘大德而不赦小過，此施琅黃梧輩所以寧反面事仇也。及至黃梧獻平海五策，於是芝龍被殺，祖墳被掘，內地絕其商販，沿海遷其居民，於是大軍之給養已絕，不得不退避台灣，鬱怒之餘，致病肝急，以致濫用權威，人多思叛，至欲以小過殺其子經及妻董氏，骨肉且不能容，而何況乎他人，於是眾叛親離，反以自戕其身。成功英年得志，局量未弘，中道摧折，不竟其業，誠可惜也。

不過，張雄潮在《台灣文獻》第十四卷二期《談鄭成功對將吏的統御才略》時，則以爲鄭成功一生雖以孤臣自稱，但並非欲做「明知不可爲而爲之」的孤臣，而是欲做「大有可爲」的英雄，他先時諫阻父親之降清，即當強調這個信念。後自二十三歲起，能以窮島孤軍之勢，經十六、七年的躬冒矢石，堅強苦鬥，即靠這個信念，得自奮勵。而這個信念，即由其叔鴻逵曾稱讚他的「英年銳志，有氣敢任」的年齡性格所由生。

張雄潮先生並認爲，近代史家朱希祖借事批評成功：「濫用權威，人多思叛……英年得志，局量未弘」，或是阮旻錫的《海上見聞錄》上說他的「用法峻嚴，果於誅殺……於是人心惶懼，諸將解體」。無非都在說他有「年少氣盛，剛愎用事」的缺點，但這缺點，有時亦即是他「英邁果決」的優點，成爲他一種衝破現實、創造非常局面的力量。

就其當年所處的兵略環境說：以其淺狹的漳泉沿邊之地，孤弱之軍，欲恃風濤之險謀保全，舟楫之利圖恢復，本乃千古之所難。再就其人事環境而言：他屬下的將吏，固有不少眞正的忠臣義士，但亦有他父親時代所養成的「以海盜之智，習無君之俗」那一類的人。又有部分「襲明末之敝風，佻達自喜，蔑如禮法，乘軍旅殷繁，收斂以富私家」之輩。由此，可見鄭軍中的確不乏有假抗清之名，託附海上，行其掠奪之實的利己分子，按諸史實，亦歷歷可考。這些分子，正如孫子所說的：「愛而不能命，厚而不能使，亂而不能治，譬如驕子。」

鄭成功當年所處的兵略環境與人事環境，既如上述，要無他那樣英銳的年齡與性格，即不足以策衆勵屬，打開他艱困的戰鬥局面，如易人而處其時其境，縱其志節、物望、才略，比之成功都無不及，而其年齡與性格，要是比較軟弱，不如成功那樣英銳，其成就或亦將不如成功。

其次，關於鄭成功用法嚴峻，果於誅殺之爭議，綜觀他一生的馭將統屬，確是果於誅黜，但更不吝於獎勵。

總計鄭成功從永曆三年九月起，至永曆十五年正月止，誅殺的將吏，在楊英的《從征實錄》上記載有姓名的，有七十五員；併戮其妻子或全家者，其人數則無從查考；另外本欲予誅殺，經諸將跪請勸免，改爲黜降或罰責的有九員；至無分男女老幼，全予屠戮的城寨，記載的有八處；合計八十四起，實際上當有更多的誅殺和屠戮事件，不過不曾記載而已。那些記載的誅殺事件，極大多數是爲作戰時的誅怯斬敗，至於殺貪誅叛，記載上雖僅六起，但有五起是併戮其妻子或全家者，可說是過當。如永曆十五年正月：

成功集諸將議取台灣，時眾俱不敢違，然頗有難色，惟宣毅後鎮吳豪，力言港淺大船難進，且水土多瘴癘，成功含之，五月台灣平克，以吳豪搶掠百姓，盜匿米粟，斬之，並殺其妻子。

又如永曆十五年正月：

成功集諸將議取台灣，諸將俱有難色，獨協理中軍戎政楊朝棟倡言可行，成功嘉獎之。五月台灣平克，設承天府，天興、萬年二縣，即以朝棟為府尹，祝敬知萬年縣。十二月朝棟以小斗散糧，斬之，殺其一家，又殺祝敬，家屬發配。

這兩個人的貪瀆罪，在他所處「寄內政於軍令」的環境與時代，治之重典，殺之固宜，但株連全家，似又太酷。尚有集體殘殺清俘數起，可說亦近於酷。論者以爲成功之嚴，有時簡直是不分輕重，屬於意氣用事。故其部將最後終至藉故鬧成抗命之事。

不過，他一生雖多誅殺，但也不吝獎擢，此其所以能鼓舞部將，樂爲之用命，死於戰陣的鎭將以上將領，即有三十餘員之多。總計從永曆三年十月起，到永曆十五年正月止，他對將吏的陞拔、獎賞、提授，載有姓名職銜的有三百餘員次，而黜革、降罰、綑責的，則僅三十餘員次。對於奇功異能之人，尤能破格拔擢，故有一廝養卒因戰功而驟拜都督者，一親隨正兵張魁，因善射藝而驟授鎭將者。

由於他的不吝獎勵與頻施陞遷，終因升遷太快，致生有名無實、虛濫名器之譏。故其先後叛將，就有多人是鄭成功一手所拔擢者。其中英兵鎭鎭將唐邦杰，就是由一馬兵所陞遷者，鄭成功且予賜妻賜宅，寵渥不能說不周，而竟然於永曆十一年十一月叛逃降清。從而可見名器之虛濫，受之者，亦不足爲榮貴了。

五、任將束兵之失

由於鄭成功偏處海隅一陬，以彈丸數島爲基地，漳泉沿邊爲外圍，他在海上的活動範圍雖很廣闊，但在陸上的戰場密度，則甚爲狹隘，很少進退迴旋的餘地，敵我之間，經常對壘在刻，而全盤的成敗得失，常決一戰，而一戰的勝敗又常決於呼吸俄頃之間，故無論統帥以至屬將，如非十分膽勇，就有隨時全軍覆沒的可能，故其用將，自亦只要其膽勇，其他爲將的高才，則不是最重要的了。他的這種任將法，造成凡是由他直接掌握指揮的戰役，多數能夠獲勝；反之，凡是由其屬將遠戍一地或獨當一面的戰役，即常失進退的主宰，將雖勇亦不足恃，故多數是失利的。因此，批評他的人說，除他自己以外，沒有養成一個或使任一個有守有爲、能進能退，足以替他擔當一面的將才。即有之，也因他有自恃的個性，獨斷的才略，爲其屬將者，亦難有所自見，故一離其指揮或遇規模較大的戰役，非其一人的才略所能遠及時，即易招致失敗。如永曆十三年的北上江南之戰，因不聽甘煇、張煌言、潘庚鍾等之進策，致失機宜。各路主將因無令不敢輕戰，致失呼應救援。多年蓄銳，終乃敗於神策門下一戰。

鄭成功之束兵亦有缺失，楊英《從征實錄》，記載永曆十二年四月，成功重布出軍禁令第二條說：

> 攻剿地方，有附虜十分頑抗負固者，明准擄掠婦女，以鼓用兵，而示懲創，如悉虜掠不服，百姓罪有可矜，如無明令擄掠婦女者，不准擄掠婦女在船在營，如有故違，本犯梟示，大小將領，一體從重連罪，不論官兵役伙，拿解首明賞銀三十兩。

此即有條件地准許擄掠婦女、姦淫婦女了。當然他也有曾明准官兵搶掠財物的事實。

後記

編輯部

對於鄭成功，一般人也許能提出他一些事蹟，但大都僅止於「打敗紅毛」、「收復台灣」、「反清復明」之類的，要說有什麼更深入的瞭解，恐怕很少，更遑論是負面的批評了。畢竟他實在是太短命，只活了三十九歲，還沒能夠坐享自己打下的江山，便溘然長逝。也就是說，他還沒來得及飽暖思淫欲，或是像一些功臣恃寵而驕，便結束了一生。

鄭成功有個在明史上算是叛臣的父親鄭芝龍，父子兩人會漸行漸遠（父親叛明降清，兒子效忠明廷），其實和鄭芝龍的出身恐怕有些關係。鄭芝龍是海盜出身，觀念裡哪有什麼忠不忠的問題，別忘了，在海上航行，最需要的，不就是見風轉舵嗎？所以在鄭芝龍的心理上，壓根兒沒有天子二字，一切行事全在一個利字上打轉。然而兒子鄭成功卻因父親有本事掙下一片家業，讓他能夠安居鄉里，讀書上學，進京赴考，求取功名，走的全然是一般士子之路，滿腦子的四書五經、聖賢之道，自然和父親的思想不合。

可是別忘了，如果鄭成功只是一名平凡書生，也許明朝亡了，頂多是悲憤不平，發爲文字；但他身上究竟流著父親的血液，在國家有難時，他拋下了筆墨，號召人馬，組織鄉勇，成立船隊，這些作爲難道沒有他海盜父親一絲的影子？只是出發點不同（一個是忠君為國，一個是冀求溫飽），目的不同（一個是反清復明，一個是覬覦名利）罷了。

鄭芝龍的一生在歷史上的定論是負面了，但鄭成功也沒有成功。他最後沒有能夠反清復明，除了明朝流亡皇帝後台太弱，清朝太強外，照理在台灣偏安一隅的鄭成功，應該有機會在此島建立根基，甚至年深日久，也有可能成立一個朝廷，試想春秋戰國時代的各國，有些小國還沒有台灣大呢！但一來鄭成功一心只想忠於明廷，二來他登台隔年便病故，所以未能有進一步作爲。他的兒子鄭經、孫子鄭克塽既沒有父、祖的本領，身邊的將士也軍心渙散，最終敗於叛將施琅之手。

不過軍心渙散這點，倒不能怪罪鄭經領導無方，因爲早在鄭成功來台時，便已隱伏此一病根。當時在大陸的幾次大戰役中，勇於作戰者幾乎都已陣亡，剩下能隨著他來台的，眞正志同道合之人已經不多，甚至有些根本是帶著無奈的心情。以這樣的軍隊，如何奢談收復江山？也難怪心勞力絀的他會英年早逝了！

附錄一——年表

年號	西元	年齡	事蹟
明熹宗天啓四年	一六二四年	一歲	荷蘭人占領台灣。 鄭成功生於日本平戶河內浦千里濱；本名森，字明儼。 明軍在澎湖擊敗荷蘭人。
明熹宗天啓五年	一六二五年	二歲	後金遷都瀋陽。 明廷殺熊廷弼，派高第代替孫承宗，撤退關外守軍。
明熹宗天啓六年	一六二六年	三歲	明將袁崇煥巡撫遼東，擊退後金軍。 清努爾哈赤於攻寧遠城時受重傷，死於瀋陽城郊靉雞堡，皇太極繼

			位。
明熹宗天啓七年	一六二七年	四歲	明將袁崇煥被貶，後金圍攻錦州。 明思宗即位，殺魏忠賢。
明思宗崇禎元年	一六二八年	五歲	明將袁崇煥再督遼東軍事。 陝西農民叛亂，李自成、張獻忠參加起事，明末農民戰爭開始。 接受福建巡撫熊文燦招降，鄭成功之父鄭芝龍降明。
明思宗崇禎二年	一六二九年	六歲	後金軍入關，逼近北京，袁崇煥入救。
明思宗崇禎三年	一六三〇年	七歲	明思宗殺袁崇煥。 後金軍退出關外。
明思宗崇禎四年	一六三一年	八歲	李自成從「闖王」高迎祥叛亂，稱「闖將」。
明思宗崇禎五年	一六三二年	九歲	後金征服蒙古察哈爾部。

明思宗崇禎六年	一六三三年	十歲	荷蘭人在澎湖築城。 叛軍擁高迎祥稱闖王。
明思宗崇禎八年	一六三五年	十二歲	流寇滎陽大會，十三家七十二營數十萬人共商滅亡明朝大計。
明思宗崇禎九年	一六三六年	十三歲	高迎祥攻克鳳陽，洪承疇命孫傳庭俘殺之。 後金改國號爲清，從喜峰口入居庸關。 李自成繼高迎祥稱「闖王」。
明思宗崇禎十一年	一六三八年	十五歲	清多爾袞率軍分路攻入關內。
明思宗崇禎十二年	一六三九年	十六歲	英艦企圖攻占澳門。
明思宗崇禎十三年	一六四〇年	十七歲	張獻忠突圍，流竄進入四川。 李自成到河南。 湯若望爲明廷監鑄大砲。 鄭芝龍晉升爲福建總兵。

明思宗崇禎十四年	一六四一年	十八歲	李自成攻克洛陽，殺明福王。 張獻忠攻克襄陽，殺明襄王。
明思宗崇禎十五年	一六四二年	十九歲	荷蘭擊敗西班牙，獨占台灣。 明將洪承疇降清。 李自成攻克開封，到襄陽，稱新順王。
明思宗崇禎十六年	一六四三年	二十歲	張獻忠攻克武昌，稱大西王。 李自成攻克山西，攻陷潼關，明將孫傳庭全軍覆沒。
清世祖順治元年	一六四四年	二十一歲	李自成稱王於長安，國號大順，改元永昌。 「甲申之變」，李自成攻入北京，崇禎帝自縊於煤山。 吳三桂引滿清多爾袞入關，敗李自成於一片石。

清世祖順治二年	一六四五年	二十二歲	張獻忠占領四川，自稱大西國王，稱成都爲西京。 清自盛京遷都北平，愛新覺羅福臨即帝位，是爲清世祖。 明福王朱由崧在南京建立政權。 鄭成功赴南京太學深造，拜錢謙益爲師；錢謙益爲鄭成功取字「大木」。 李自成於湖北通山縣九宮山，被地方團練襲殺。 「揚州十日」，清軍屠揚州。 明福王改年號爲弘光，封福建總兵鄭芝龍爲南安伯。 清軍占領南京，明福王政權結束。 明魯王朱以海在紹興建立政權。

清世祖順治三年	一六四六年	二十三歲	明唐王朱聿鍵在福州建立政權，改元隆武，鄭森受賜國姓朱，改名成功。 「嘉定三屠」，清軍屠嘉定。 清軍屠江陰。 日本德川幕府遣使護送鄭成功母親翁氏到安平。 明魯王逃入海。 清軍占領福州，明唐王政權結束。 鄭芝龍降清，受封爲同安侯。 清兵攻陷安平，鄭成功母親翁氏自殺殉國，鄭成功據鼓浪嶼抗清。 張獻忠戰死於川北西充的鳳凰山，部將李定國在川南繼續抗清。 明桂王朱由榔在肇慶建立政權。

清世祖順治四年	一六四七年	二十四歲	「大清律」完成。 明桂王由廣東退至廣西桂林。 清軍攻入湖南。
清世祖順治五年	一六四八年	二十五歲	明桂王政權擴大，同時內部出現分歧。 甘肅回民因抗拒剃髮令聚眾十萬人起事。
清世祖順治六年	一六四九年	二十六歲	清軍破南昌；明將金聲桓敗死，何騰蛟亦戰死湘潭，農民軍李錦入桂林。 明將張名振攻舟山。
清世祖順治七年	一六五〇年	二十七歲	鄭成功攻打鄭彩、鄭聯，占領金門、廈門爲根據地。
清世祖順治八年	一六五一年	二十八歲	李定國入雲南，聯合明桂王抗清。 清軍占領舟山，明魯王入廈門投靠

			鄭成功。
清世祖順治九年	一六五二年	二十九歲	李定國北伐攻入湖南。 台灣漢民郭懷一率眾反抗荷人統治。 吳三桂討伐四川。
清世祖順治十年	一六五三年	三十歲	李定國退入廣西，轉進廣東。 明桂王永曆帝封鄭成功為延平郡王。
清世祖順治十一年	一六五四年	三十一歲	鄭成功水師攻入長江。
清世祖順治十二年	一六五五年	三十二歲	李定國退走南寧，鄭成功退守廈門。 鄭芝龍被削爵入獄，流放寧古塔。
清世祖順治十三年	一六五六年	三十三歲	李定國保護明桂王退走昆明。
清世祖順治十五年	一六五八年	三十五歲	降將吳三桂帶領清軍攻進雲南。 鄭成功收復象山。

清世祖順治十六年	一六五九年	三十六歲	鄭成功、張煌言逆長江攻陷瓜州、鎮江，圍攻南京失利，退守廈門。 明桂王撤入緬甸。
清世祖順治十八年	一六六一年	三十八歲	鄭成功在鹿耳門港登陸占領赤嵌樓，荷蘭人於次年投降，收復台灣。 明桂王被俘。
清聖祖康熙元年	一六六二年	三十九歲	鄭芝龍被磔於北京之柴市。 吳三桂在雲南弒南明桂王朱由榔，李定國聞訊後憂憤卒。 鄭成功病逝，子鄭經繼位。
清聖祖康熙二年	一六六三年		清軍聯合荷蘭軍，攻克廈門。
清聖祖康熙三年	一六六四年		清軍攻打台灣，失敗。 張煌言被俘殺。 吳三桂討伐貴州。

清聖祖康熙四年	一六六五年	清廷派施琅、周全彬準備攻台。
清聖祖康熙十二年	一六七三年	吳三桂在雲南起兵叛清，「三藩之亂」開始。
清聖祖康熙十三年	一六七四年	耿精忠據福建起兵叛清。 廣西將軍孫延齡起兵叛清。
清聖祖康熙十五年	一六七六年	耿精忠歸順清廷。 尚之信起兵叛清，又歸順清朝。
清聖祖康熙十七年	一六七八年	吳三桂在衡陽稱帝，國號周，建元昭武，死後其子世璠繼位，退守雲南。
清聖祖康熙二十年	一六八一年	鄭經去世，鄭克塽繼位，清軍攻占澎湖。 順天府三河與平谷之間發生大地震，死傷甚眾。 清軍攻克雲南，吳世璠自殺，「三

清聖祖康熙二十二年	一六八三年		藩事變」結束。清將施琅攻克台灣，鄭克塽降清，清廷開放海禁。

附錄二——有關鄭成功之遺蹟與傳說

日本部分

一、兒誕石

「鄭成功兒誕石碑」，立於日本平戶河內浦千里濱的海灘。相傳該石為鄭成功母親田川松女氏，在懷孕期間，偶至千里濱撿拾貝殼，突感胎氣大動，知將分娩，惶急中無法趕返家中，遂倚海濱巨石生產，雖無助產士幫助，但卻平安生下一個男嬰，即鄭成功。後來鄭成功起義師率軍勤王，當地人仰慕鄭成功偉大的事功，遂命名為「兒誕石」以資紀念。

石高約八十公分，寬三公尺，目前已漸被海沙埋陷，滿潮時且已沒於濤浪，僅能看到尖端。

相傳，兒誕石忌人踏上，若踏上則聞上空有兒啼聲，而得疾病，且多一病不起。

二、鄭氏故居——喜相院

鄭成功於七歲返國前，與其父母及弟弟所居住的舊宅在平戶川內浦市街，當時稱「喜相院」，現爲「鄉社」。在社前建坊，額曰「琴平神社」。另傳故宅爲今之小田屋傳次郎之宅第。惜無證物可稽，故較不可靠。

三、鄭成功遺靈廟

這廟是由台南市延平郡王祠分靈，建於平戶川內浦間公路左側丸山岡陵之頂。建地十六平方公尺，係民國五十一年長崎市華僑爲紀念鄭成功復台三百周年紀念而興建。此廟係日式翹脊屋頂，廟內有神龕，上有「浩然正氣」匾額。每年五月十八日行祭典。丸山在明末清初平戶開港時，爲繁榮一時之遊樂勝地。今其附近尚林木茂密，蒼蔚堪賞。

四、鄭成功手植的椎木

日本傳說鄭成功七歲前在日本與花房權右衛門學劍，於六歲時在花房氏宅畔手植椎樹一株；此一丈餘之樹被視爲「松浦心月」的勝景之一。樹旁有一小石碑云：「鄭森往昔在壺陽，講武修文練鐵腸，此樹當年親手植，到於今蟠鬱蒼然，從三位伯爵原詮。」此樹在今平戶中學猶興館的運動場內，樹心已空。

五、鄭成功手植的竹柏

鄭成功幼年時的故居川內浦宅前，有高逾十公尺，基幹粗大至爲雄壯之竹柏大樹一棵。相傳係鄭成功親手植者。土人稱爲「力柴」。

六、「延平郡王慶誕芳蹤」碑

碑勒平戶港到川內浦間之白沙海灘千里濱東側。碑高約三公尺，寬一公尺，碑上係「肥前國平戶島千里濱鄭氏遺蹟碑記並銘」之中文碑記，全文約一千五百字，額鐫「延平郡王慶誕芳蹤」。碑係西元一八五二年（清咸豐二年）平戶第三十五世藩王松浦侯乾齋所建。該碑文原由朝川善庵所撰，共二千餘言，可是，當時想覓鐫此長文之巨石始終找不到，因此再命朝川氏酌予刪減，但事未完成，朝川氏突然去世，於是改命葉山鎧軒任此事，稿成，命多賀嘉彰繕寫，即今所見的碑文。

碑文敘述鄭成功父親鄭芝龍至川內浦娶田川松女，生成功事，以及鄭成功畢生烈績偉業，頗爲詳盡。

在日本稱此碑又叫「和唐內之碑」。

七、「鄭氏」銅刻印章

印章銅質，刻有「鄭氏」二字，橫約二公分，直三公分。與銅器香爐等併藏一箱，箱面有漢文記述：

平户河内浦喜相院所藏古銅器，傳為明末鄭氏之遺物矣，昔鄭芝龍來寓河內浦，生子成功，其後成功入明竭力王室，實為一代之忠臣，喜相院即其宅跡也，今銅器藏在吾公家文庫中，因記其概略云。元治元年甲子五月，主管樂歲堂，臣等謹記。

八、鄭芝龍故居銅器古玩

現存松浦資料博物館，此館係昔年平戶藩主松浦氏藩邸改設。

九、銅器香爐

爲鄭芝龍故宅所藏者。此器邊作齒狀，底有水波紋飾，中有龍紋，腳的邊緣是屈腳萬字。

與上述兩件俱存松浦資料博物館。

台灣部分

一、延平郡王祠

鄭成功光復台灣後，歷經三世，至永曆三十七年（西元一六八三年，清康熙二十二年）鄭克塽降清，以後便歸滿清統治。但是台灣同胞太懷念鄭成功，爲了崇功報德，乃私建開山王廟於台南市，當時的地名叫東安坊，尊爲開台聖王。地方遇有災厄，必禱於王。亦可見其威靈顯赫，澤被蒼生。不過開山王廟草創於康熙時代，由於滿清存有排漢的觀念，故廟宇也就因陋就簡，以免遭忌。幾經風霜之後，廟宇遂致塌圮，這期間，雖有修葺，也祇是草草了事。

至同治十三年（西元一八七四年）福建船政大臣巡台使者沈葆楨來台辦理防務，因進士楊士芳等之稟請爲鄭成功追謚建祠，復得台灣道夏獻綸、台灣府周懋琦等之議，乃奏請清廷，准在台灣爲鄭成功賜謚建專祠。沈葆楨之奏摺原文爲：

奏為明季遺臣，合陽初祖，生而忠正，歿而英靈，懇予賜謚建祠，以順輿情，以明大義事：本年十一月二十五日據台灣府進士楊士芳等稟稱：竊惟有功德於民則祠，能正直而壹者神。明末賜姓延平郡王鄭成功者，福建泉州府南安縣人，少服儒冠，長遭國恤，感時仗節，移孝作忠。顧環宇內難容洛邑之頑民，向滄冥獨闢田橫之別島；奉故主正朔，墾荒裔山川，傳至子孫，納土內屬。維我國家宥過錄忠，載在史乘，厥後陰陽水旱之沴，時聞吁嗟祈禱之聲，肸蠁所通，神應如答，而民間私祭，僅附叢祠，身後易名，未邀盛典，望古遙集，眾心缺然，可否據情奏請，將明故藩鄭成功，准予追謚建祠，列之祀典，等因。並據台灣道夏獻綸、台灣府周懋琦議詳前來，臣等優思鄭成功，丁無可如何之厄運，抱得未曾有之孤忠，雖煩盛世之斧碑，足砭千秋之頑懦，伏讀康熙三十九年聖祖仁皇帝曰：『朱成功係明室遺臣，非朕之亂臣賊子，勒遣官護送成功及子經兩柩，歸葬南安，置守塚建祠祀之』。聖人之言，久垂定論。惟祠在南安，而台郡未蒙敕建，遺靈莫安，民望徒殷，至於賜謚褒忠，我朝恢廓之規，遠軼隆古，如瞿式耜、張同敞等，俱以殉明捐軀，謚之忠烈；成功之處，尤為其難，較瞿、張奚啻伯仲，合亟仰懇天恩，准予追謚，並於台郡，敕建專祠，俾台民定知忠義之大可為，雖勝國亦革衰之所必及，於勵風俗正人心之道，或有裨於萬一。臣等愚昧之見，是否有當，理合恭摺具奏，皇上聖鑑，敕部核覆施行。再此摺係臣葆楨主稿，合併聲明，謹奏。同治十三年十月日。

其後奉准在台灣建立專祠，並予追謚。時爲光緒元年正月初十日。至是沈葆楨等即進行籌建專祠，廣爲募捐，得銀七千四百兩（合銀一萬零八百餘元），於光緒元年三月在台灣府城東安坊油行尾街（今開椂山路）將舊時之開山王廟拆卸擴建。由台灣府知周懋琦爲總監，崇文書院山長陳謨董其事，台灣府士紳吳尙霑、吳尙震、吳朝宗、許廷侖、曾雲龍、陳楷、王藍玉等爲委員，分任建祠工程之監事工作。其匠首爲福州林恩培，土木石工諸匠，亦由福州僱來，建築材料如木材、磚瓦、石材等，均由福州採購，工程歷時半載至同年八月落成，祠貌宏壯，畫棟雕梁，金碧輝煌，允稱美輪美奐。祠爲三進九檻。共占地六百七十二坪。民國三年重修拓寬，面積達二甲餘。民國三十六年再修。後屢次重修。

二、藩府曾蔡二姬墓

曾蔡兩人爲鄭成功之姬妾。墓在台南市南門外師爺塚前。墓碑爲明代舊物。

三、二鄭公子墓

鄭氏聖之睿、省之發，俱鄭成功之子。

聖之爲四子，省之爲第十子。

墓在台南市大南門外仁和里鞍仔庄，俗稱墓庵。

墓碑寬七十七公分，高一七〇公分。

四、鄭氏家廟

明永曆十七年（西元一六六三年）鄭經築家廟祭拜其父延平郡王及其遠祖。正殿內安置的鄭成功神像爲光緒年間所塑，原供於延平郡王祠。家廟位於台南市忠義路三十八巷二號。

五、開元寺

相傳爲鄭經爲其母董氏所建，稱北園別館。鄭成功元配董夫人爲泉州進士禮部侍郎董颺先的胞姪女。生於明天啓三年（西元一六二三年）癸亥九月二十四日。至遲在崇禎十五年孟春便已嫁給鄭成功。她比鄭成功長一歲，永曆三十五年六月十六日病逝安平王城，享年五十九歲。

鄭經建北園別館供其母作遊樂的地方。不過，也可能是鄭經建以自享縱樂的亭園。到了康熙二十五年，巡道周昌喜歡此處的林木清幽，便在此築了茅亭精舍。康熙二十九年，巡道王效宗、總鎮王化行等人，又把此處改建爲寺廟，另外還捐田五十餘甲，寺產非常多，三十四年四月改建完工，取名「海會寺」。乾隆十五年，寺宇已坍塌許多，巡道書成籌資修葺，改名「榴禪」。嘉慶元年，提督哈當阿再整修，並改寺名爲「海靖寺」，又名「開元寺」。取泉州名刹開元寺之名。把山門叫「小西天」。

寺內藏有鄭成功的遺物，碗三個和遺墨一幅。園內有七弦竹一叢，相傳是董氏自湖北襄陽臥龍崗移植而來。寺內另有一口「鄭經井」，相傳爲鄭經所開鑿。

六、安平古堡

原名熱蘭遮城，爲荷人於天啓四年（西元一六二四年）在當時的一鯤身所築，初爲砲台，至崇禎三年改築爲城寨。此城當時係依地形而建，有內外城。樓高三層，有三丈餘。明永曆十五年，鄭成功光復台灣後，改稱台灣城，即王城，鄭成功即住城堡之內。翌年，也病逝於此。清代改爲軍裝局，充作彈藥庫。同治七年（西元一八六八年）中英發生樟腦糾紛，英軍艦砲轟安平，炸毀軍裝火藥庫，乃漸成廢墟。

七、赤嵌樓

原名普羅民遮城，亦爲荷人所建。明永曆十五年五月，鄭成功光復台灣，改爲承天府，置府治於此。

後來改爲火藥軍械庫。赤嵌樓歷經戰爭、天然災變等浩劫，雖一再修建，但已失去原來的面貌。

八、洲仔尾鄭成功墓址

墓在台南縣永康鄉洲仔尾村。後來鄭經也葬於此一墓園。入清後，奉旨遷回南安石井。原墓址已難覓。

九、台南孔廟

台南孔廟係明永曆二十年（西元一六六六年）諮議參軍陳永華向鄭經建議而建。相傳當時地爲楊姓菜圃，其地稱鬼仔埔，又稱埤仔埔。孔廟正對魁斗山，又稱鬼子山或桂子山，有五條沙崙起伏，廟係對看中崙。所以，以前在孔廟的文昌閣上，可以看到魁斗山尖。

孔廟初建時，規制不大，僅建聖廟和明倫堂。大門以外，圍以柵欄，無圍牆。清代全台童生入學即在府學，故稱「全台首學」。

十、寧靖王墓

王墓位在高雄縣湖內鄉湖內村。王名術桂，字天球，別號一元子。明太祖九世孫遼王之後，長陽郡王次子。最初援鎭國將軍，隆武元年封寧靖王。流徙避難閩浙。永曆十八年偕眷屬從侍，東渡來台，卜居鳳山市竹滬，墾田自贍，爲人謙恭有禮，與鄰里和睦相處，鄉人頗讚頌其德。永曆三十七年（西元一六八三年）清靖海侯施琅攻澎湖，王見鄭氏諸將無準備，常暗自痛哭。三十七年夏六月，清軍破澎湖，克塽議降，寧靖王自以天潢貴胄，義不可辱，於是決定以身殉國，便召姬妾說：「孤不德，顛沛海外，冀保餘年，以見先帝先王於地下，今大勢已去，孤死有日，若輩幼艾，可自計也。」姬妾都哭著說：「殿下即能全節，妾等寧甘失身，王生俱生，王死俱死，請先驅孤埋於地下。」姬妾袁氏、王氏、荷姑、梅姑、秀姐，俱冠笄被服，同縊於堂。這是是月二十六日的事。次日，寧靖王冠裳束帶，佩印綬，以王印交克塽，再拜天地、列祖、列宗之靈，又招耆舊從容飲別。附近老幼都來拜別，他也分贈家財給他們。寫下絕命詞，然後自縊而死，享年六十六歲。過十日，鄉人為他與元配羅氏合葬於竹滬，不封不樹。而姬妾別葬於台南南門外桂子山，稱為「五妃墓」。王墓於宣統三年，始由鄉人修墓時立碑，寫上「明寧靖王之墓」。民國二十六年七七事變那天，被匪徒掘墓破棺，盜去所有遺物。後被警察破獲，部分遺物送交省立台北博物館保存。

十一、石井鄭成功墓

康熙三十八年五月二十二日卯時，鄭成功及鄭經兩人的靈柩自台灣歸葬南安康店覆船山。康店距石井約二十五里。墓門石楹約二丈，數碑列其左右，負以獅子。

傳說

鄭成功的一生深具傳奇性，又有豐功偉業，且係出生於一個不平凡的家庭，所以，民間對他留下了許許多多的傳說。

一、五馬朝江

鄭成功的故鄉福建南安石井的江口，有五座巨石，兀立水面，俗稱「五馬朝江」；又說石井西首，有石像鶴，昂然而立，謂其家鄉龍勢飛騰，後世必出英雄。

二、誕生時的異象

鄭成功於明天啓四年七月十四日在日本肥前國平戶千里濱誕生，相傳是夜島上萬火通明，誕生之前還有人看到海上有亮光閃爍、噴水如雨的神異巨物。以及誕生的那一刻，空中恍有金鼓之聲，香氣四溢。因此鄭成功長大以後，被人視爲鳳儀秀整、卓爾不群的非凡人物。

三、功至延平，壽至磚城

鄭成功在未起義前，於福建曾夜宿呂祖廟，相傳入夜呂祖託夢，說成功「功至延平，壽至磚城」。鄭成功當時不知是什麼意思，誤以爲磚城是泉州城（磚與泉閩音近似），及病逝安平，始知磚城是指熱蘭遮城。

四、成功尋玉

相傳鄭成功經略台灣後，規模初具，想得玉爲璽，以台灣產玉，乃派人入山尋玉，夜宿山間，有土地公來託夢，說鄭成功非帝王，不能得玉爲璽，故白跑了一趟，終沒尋得玉。

五、無虎無王

台灣不產虎。

鄭成功基於「有虎斯有王」的意念，相傳曾從大陸移飼兩頭老虎，縱之山中，但是，後來傳說被山胞所獵殺。所以「無虎便無王」，鄭成功在台灣乃不得天年。

六、國姓魚、皇帝魚、國姓蟯

本省的虱目魚，又稱國姓魚。相傳係國姓爺來台後才發現的，所以叫國姓魚。另外，又叫皇帝魚，這是傳說鄭經喜好此魚，故稱之。又國姓埔海邊出產國姓蟯及鱢魚，又稱國姓魚，據說均爲國姓爺帶來台灣的。

七、劍潭

今台北市中山北路中山橋東側的基隆河轉彎處，相傳鄭成功率軍北伐，來到劍潭，正領兵欲渡河時，河底的千年魚精出來興風作浪，阻撓鄭軍渡河，鄭成功一看大怒，於是拔出寶劍投入潭心將魚精斬死，但寶劍也沈入河底。其後，每逢月晦或颱風下雨時，河底的寶劍必發出它的光芒來。

八、鶯歌石

在台北縣鶯歌鎮東北隅的山上，有一塊巨石突起於山上，形狀宛如鶯歌斂翼棲息，人們遂把那塊巨石喚作鶯歌石。相傳這巨石是一隻鶯歌精，鄭軍北上路過此地時，這隻鶯歌精噴出煙瘴把路蒙住，軍隊因而迷失方向。鄭成功見狀大怒，便以龍熕砲轟擊，一砲把牠的嘴打缺一角，煙霧隨即消散，而鶯歌精也變成了石塊不再作怪。

九、國姓井

在台中縣大甲鎮鐵砧山南坡，有一井叫「國姓井」。相傳鄭成功率軍北上，進駐大甲，經鐵砧山，水源斷絕，軍士苦渴，鄭成功乃禱於天，然後拔劍鑿地，甘泉隨之湧出。光緒十八年，鄉人立碑，稱「國姓井」。

十、東海長鯨

相傳鄭成功生病前，他的部下曾夢見一人冠帶騎馬，前導鄭成功騎鯨出鯤身入東海而去。不久以後，鄭成功就生病而逝。所以傳說鄭成功是東海長鯨所投胎轉世的。

三十功名塵與土
一將功成萬骨枯

多少君臣將相，或開創帝業，或權傾朝野，或擁兵率軍，或擘畫改革；在太平與戰亂、興盛與衰亡中創造歷史，忠奸成敗，功過是非，留下不朽的功業和萬世的罵名。他們毀譽參半，褒貶不一，在謳歌讚揚與羞辱唾棄中擺盪，是可敬可愛，也是可憎可厭的爭議人物。

本系列的每本書以兩大部分呈現，第一部分為人物傳記，第二部分為是非爭議之處，針對爭議的主題來論述；因而不僅僅是人物傳記，它也是一部心理分析叢書，巨細靡遺地分析十二位在歷史上備受爭議人物的愛恨情仇及人格上的優缺點，希冀以歷史事實的敘述，加以探討，從中得到啟發。也讓我們逆向思考、反觀過去所讀的歷史，重新定義、評斷這些歷史人物的所作所為。

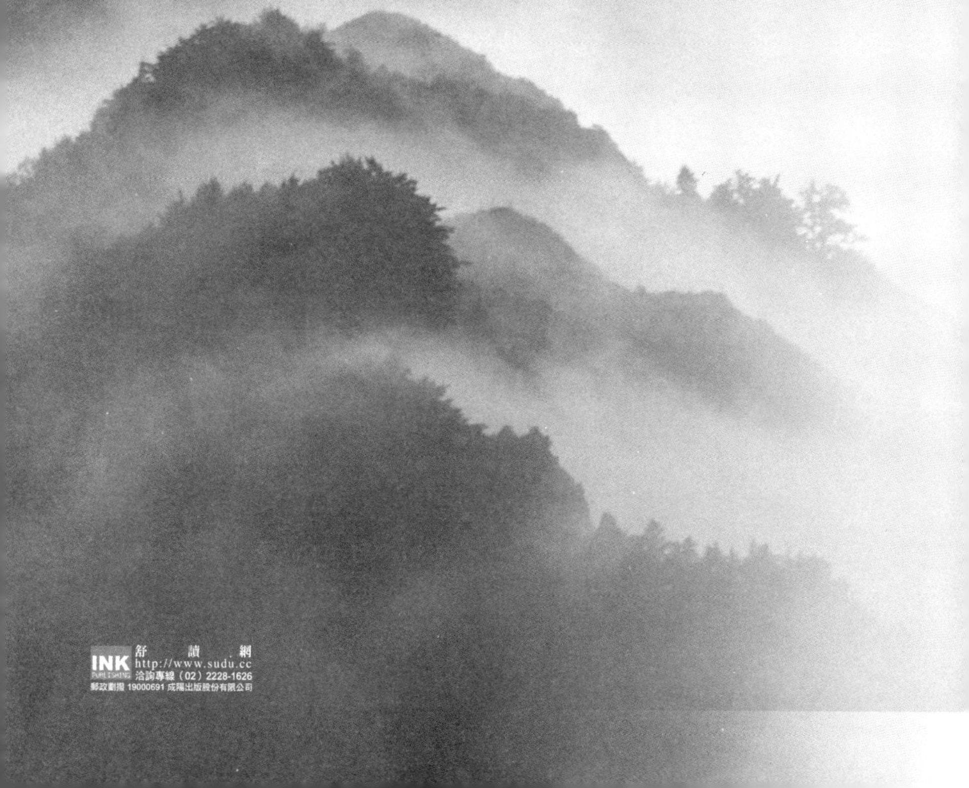

INK PUBLISHING

從前 9

海上遊龍：鄭成功

作　　者　周宗賢
總 編 輯　初安民
叢書主編　鄭嫦娥
美術設計　莊士展
校　　對　林其煬　呂佳真

發 行 人　張書銘
出　　版　INK印刻文學生活雜誌出版有限公司
台北縣中和市中正路800號13樓之3
電話：02-22281626
傳真：02-22281598
e-mail：ink.book@msa.hinet.net
網　　址　舒讀網http：//www.sudu.cc

法律顧問　漢廷法律事務所
劉大正律師
總 代 理　展智文化事業股份有限公司
電話：02-22533362・22535856
傳真：02-22518350
郵政劃撥　19000691　成陽出版股份有限公司
印　　刷　海王印刷事業股份有限公司

出版日期　2009年 2月 初版
ISBN　978-986-6631-49-8

定價　270元

國家圖書館出版品預行編目資料

海上遊龍：鄭成功 / 周宗賢著.
－－初版.－－台北縣中和市：INK印刻文學,
2009.02 面；　公分.--（從前；9）
ISBN 978-986-6631-49-8（平裝）
1.（明）鄭成功　2.傳記
782.869　　98000794

INK INK INK INK INK INK
K INK INK INK INK INK IN
INK INK INK INK INK INK
K INK INK INK INK INK IN
INK INK INK INK INK INK
K INK INK INK INK INK IN
INK INK INK INK INK INK
K INK INK INK INK INK IN
INK INK INK INK INK INK
K INK INK INK INK INK IN
INK INK INK INK INK INK
K INK INK INK INK INK IN
INK INK INK INK INK INK
K INK INK INK INK INK IN
INK INK INK INK INK INK
K INK INK INK INK INK IN
INK INK INK INK INK INK
K INK INK INK INK INK IN
INK INK INK INK INK INK
K INK INK INK INK INK IN
INK INK INK INK INK INK
K INK INK INK INK INK IN
INK INK INK INK INK INK